Passeport

ADULTES ÉNIGMES

Agnès Gabrielli

hachette

Mode d'emploi

19 doubles pages d'énigmes en tout genre pour tester votre logique et votre sens de la déduction : énigmes **mathématiques**, **historiques**, **graphiques**, **casse-tête**, requérant vos talents en **langue française** ou votre **culture générale**.
Il y en a pour tous les goûts !

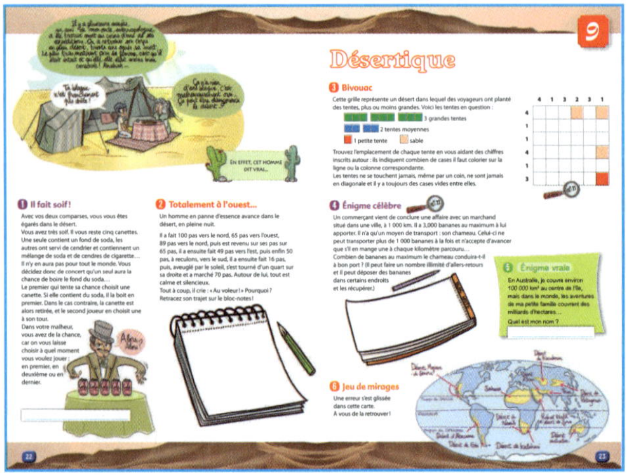

4 doubles pages de jeux et de quiz sur nos énigmes policières préférées : romans, films, séries T.V. …

Aïe, ce n'est pas toujours facile ! Mais il y a une bonne dose d'humour pour rire même quand on se casse les dents sur certaines énigmes.

Et puis, il y a les
renvois aux indices…
Le numéro inscrit dessus renvoie à un indice vous mettant sur la voie sans vous révéler la solution.

Les corrigés

Le grand moment de vérité, ou comment vérifier la pertinence de ses hypothèses et en apprendre un peu plus sur certains éléments des énigmes.

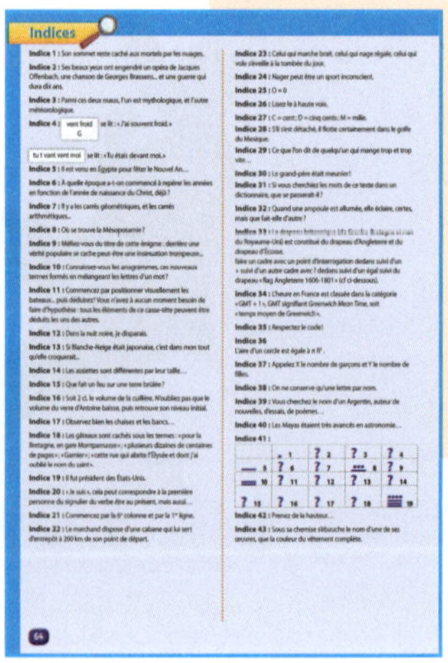

Les indices

Avant de vous jeter sur les corrigés, n'oubliez pas les indices en dernière page du cahier ! Ils vous révéleront si vous êtes sur la bonne piste et vous réorienteront au besoin !

www.parascolaire.hachette-education.com

ISBN : 978-2-01-714851-7

Achevé d'imprimer en Mars 2022 en Espagne par Grafo - Dépôt légal : Mai 2022 - Édition 01 - 15/4803/2

Sommaire

Couverture
Primo&Primo

Réalisation : **oxygenemultimedia.fr**

Recherches iconographiques : **Thomas Radovcic**

Édition : **Magali Corbel**

Crédits iconographiques :

Bandeaux hauts de pages : © Stock.xchng (pp. : 4-5 © Steven Soenens ; 6-7 © Darius Rompa ; 8-9 © kenia de los campos ; 10-11 © Lars Jensen ; 12-13 © Eastop ; 16-17 © stockarch ; 18-19 © Hilde Vanstraelen ; 20-21 © dcubilla ; 22-23 © Gareth Weeks ; 24-25 © Zorana Dodosev ; 26-27 © Diogo Ferrari ; 30-31 © Hans Thoursie ; 32-33 : © Patrice Gendreau ; 34-35 © gciardo ; 36-37 © Gavin Spencer ; 40-41 © Ian Beeby ; 42-43 © boris_g ; 44-45© miamiamia ; 46-47 © saidoe.

p. 4 © smart.art ; p. 7 ©Kamil Krzaczynski/EPA/MAXPPP ; **p. 9** *Le Palais Dario* © National Museum Wales /Bridgeman Giraudon ; **p. 14** © Collection Christophel ; © Collection Christophel ; © Collection Christophel ; © Collection Christophel ; © Collection Christophel ; **p. 17** Sainte Geneviève © D. R./Thomas Radovcic ; Montmartre © Nightman1965/Fotolia.com ; Luxembourg © Stock.xchng ; Place des Vosges © Dan Moore ; **p. 18** *Gala regardant la mer…* Dali © Index/Bridgeman Giraudon/ Salvador Dalí, Fundació Gala-Salvador Dali - Adagp, Paris 2012 ; **p. 21** Chenonceau © St. Nick ; Neuschwanstein © Max Krasnov ; Chambord © Andlit ; **p. 26** © Collection Christophel ; © Collection Christophel ; © Collection Christophel ; © Collection Christophel ; **p. 27** © Collection Christophel ; © Collection Christophel ; © Collection Christophel ; © Collection Christophel ; **p. 29** ©Stock.xchng ; **p. 31** © dotweb ; **p. 37** © jim kruger ; **p. 38** © Collection Christophel ; © Collection Christophel ; © Collection Christophel ; © Collection Christophel ; **p. 41** ©Stock.xchng ; ©SuperStock/Leemage ; © Tips/Photononstop ; ©vyskoczilova ; ©Stock.xchng ; © Boris Stroujko ; © Zyankarlo ; © Martin Froyda ; **p. 43** © Patryk Kosmider ; **p. 47** *Portrait d'Henri Matisse*, André Derain © RMN/ Gérard Blot/Adagp Paris 2012.

* prononcer : « pws einai to onoma sou ? » qui signifie en grec « comment t'appelles-tu ? »

MAIS QUE RÉPOND LE JEUNE GREC À POMPON?

Arrivez-vous à déchiffrer son nom ?

Pour vous aider, entraînez-vous à associer chaque prénom à son équivalent grec : Antonios, Petros, Abraam, Konstantinos, Eleni, Anna, Eirini.
Κωνσταντίνος – Πέτρος – Άννα – Ειρήνη – Αβραάμ –Ελένη – Αντώνιος

1 Tchin !

Sur le mont Olympe, on s'amuse sans Zeus. Le nectar d'ambroisie coule à flots. Le dieu des dieux, rentrant à l'improviste, entend ses divinités trinquer sans lui. Courroucé, il se cache, tend l'oreille… Ils trinquent !
Il entend 45 fois tinter les verres.
Sachant que l'Olympe compte 14 divinités, pouvez-vous dire si tous ses dieux sont là ?
Sinon, combien en manque-t-il ?

....

À vos blocs-notes !

2 Histoire vraie

On connaît mal la montagne grecque. Voici son point culminant, haut de 2917 mètres.

Constitué d'un massif de montagnes, il s'étend au nord près de la côte Égéenne, entre la Macédoine et la Thessalie. La première ascension de cette montagne a été faite en 1913. Très souvent, le sommet, qui reste enneigé toute l'année, est caché par des nuages. Quel est son nom ? Tout le monde l'a déjà entendu…

....

3 Char à deux

Ma première est grecque mais mathématique.
Mon deuxième précède la peste.
Mon troisième sort de la bouche des pestes.
Mon tout a des dents acérées.

Je suis un ....

qui comme Ulysse…

4 L'inconnue de Pâris

Si elle s'est faite poire, c'est après l'opéra de Jacques.
Si ses sabots se crottent, c'est pour la guitare de Georges.
Mais quand on se bat pour ses yeux, ce n'est pas seulement à deux.

Qui est-ce ? ……………………………

5 Mon œil…

Notre œil est notre force et votre terreur…
Pourtant très différents, on pourrait nous confondre quand on nous nomme car une seule lettre nous sépare. Qui sommes-nous ?

Le …………………… et le …………………… .

6 Qui suis-je ?

En suivant un autre fil que le mien, j'ai quitté la Crète pour de meilleures étoiles.

Qui suis-je ? ……………………………

7 Dingbat

Qui se cache derrière ce dingbat ?

IL T
———
lui lui
———
16L 16L

……………………………

8 De la suite dans les idées

Quelle lettre doit-on mettre pour continuer cette suite logique ?
U – D – T – Q – C – S – S – H…

……………………………

9 Énigme du Sphinx

Voici donc la terrible énigme du Sphinx, telle qu'elle a été, en substance, posée à Œdipe :
« Quel est l'animal qui a quatre pieds au matin, deux à midi et trois le soir ? »

Il s'agit de ……………………………

10 Marathon

Andros (A) et Andréa (C) veulent rejoindre leur maison en périphérie d'Athènes (B).
En marchant à la même allure, lequel des deux arrivera le premier ? À vue de nez !
Répondez du tac au tac !

……………………………

Au fil

1 Suivez les flèches

Pour résoudre ces énigmes, aidez-vous de la grille.

a Même lorsque je passe du rouge au noir, je reste bleue…

b Je peux être de verre, de sable, des âges ou bien de fruits. Qui suis-je ?

c J'ai beau être une belle plante, lorsqu'on me retourne, je coule à flots et entre en crue tous les ans.

d À un « A » près, mon anagramme est *porcelet* !

e Je peux faire souffrir près du palais, mais si l'on renverse mon air, je me fais capitale.

2 Charade

Si mon premier n'est pas, il n'est rien.
Mon deuxième, quant à lui, se prend sur le pouce.
Mon dernier est mon premier mot.
Mon tout sommeille dans la Vallée des Rois.

Je suis ....

3 Il ne faut pas jeter l'argent par les fenêtres !

indice n°6

Au cours de fouilles, un égyptologue découvre une pièce de monnaie égyptienne. Après l'avoir nettoyée, il y distingue des hiéroglyphes. Les ayant déchiffrés, il découvre la mention : « an 1324 av. J.-C. ». Bizarrement, il la jette dans la poubelle. Pourquoi ?

....

du Nil...

4 Histoire vraie

27 morts suspectes ont succédé à l'ouverture de la tombe de Toutankhamon.

Quelle était, selon vous, la cause de cette hécatombe : malédiction? vengeance de la momie? tueur en série?

....

5 Boîte d'amulettes

On peut transformer cette pyramide en carré sans casser aucune allumette ni en rajouter. Mais comment??? Faites vos essais sur le papyrus!

6 Histoire de famille...

Votre mère est d'origine égyptienne, tout comme ses parents, son frère et sa sœur.
Sa belle-sœur est anglaise et son beau-frère italien. Mais le beau-frère du frère de votre mère, lui, est français.
Et vous, quelle est votre origine?

....

7 Aïe aïe aïe!

Devant la statue du sphinx, un vendeur de souvenirs se gratte la tête…
Le nombre de visiteurs lui achetant des petites pyramides a augmenté de 50 % l'an dernier. Ensuite, il a chuté de 50 % cette année.
A-t-il davantage vendu de bibelots cette année ou il y a deux ans?

....

8 L'énigme demeure entière...

Voici un buste égyptien datant de plus de 3000 avant J.-C., exposé à Chicago, au Field Museum.
Regardez-le attentivement et osez dire qui il vous évoque!

....

9 Roman-fleuve...

Lisez attentivement cette blague, de l'humoriste Francis Blanche, et tâchez d'en expliquer la chute farfelue :

« Un tigre du cirque échappé
est entré dans le poulailler.
Une poule a pondu un œuf brouillé.
Moralité : Mésopotamie. »

....

Dans les rues de Florence...

Viva

1 La nuit, tous les chats sont...

Dans la campagne toscane, un homme roule à vive allure, tous feux éteints. Il n'y a pas de lune et aucun réverbère n'est allumé. Au détour d'un chemin, une femme toute vêtue de noir – c'est fréquent en Italie –, suivie par un chat aussi noir – c'est également fréquent –, s'élance sur la route.

L'homme freine de justesse.

Comment a-t-il vu le danger ?

....

2 Avis de recherche

Dans une trattoria réputée de Palerme, il est 21 h. C'est salle comble : les serveurs ont du mal à tenir le rythme. Puis la salle se vide... mais pas totalement. Un serveur sort et explique au videur que derrière le comptoir restent une superbe sicilienne, une belle romaine, une jolie génoise, un florentin et un napolitain. Un peu plus tard, Francesco, le patron, ferme derrière les derniers clients. Le videur, à la porte, n'a pas vu la joyeuse bande sortir. Il s'étonne. Pourtant, la salle est bien vide et il n'y a aucune porte dérobée.

Mais où est-elle passée ???

....

3 Drôle de breuvage

Dans un restaurant, il reste du vin sur deux tables. Le serveur s'empare des deux bouteilles entamées. L'une est remplie à moitié. L'autre, deux fois plus grande, n'est remplie qu'au quart. Il remplit d'eau le volume restant des deux bouteilles et transvase le tout dans un grand récipient. Puis il remplit deux pots.

Quelle est la proportion de vin dans ces pots ?

....

....

Italia

4 Quezaco ?

indice n° 10

Arriveriez-vous à décrypter cette langue étrange qui cache un ensemble de mots tout à fait cohérent ?

BEZUZARS – ABECILSITA – BARECLA – PIMENACA – LIROFU – MULAIT – GUREILIS – BRADIMOLE – TONIPEM – LILOUPES – GARIDANSE – ESCILI – NOCASET – BERMOI – ETOSA – TIENEVE

....

....

....

5 Histoire vraie

La basilique et la piazza San Marco, à Venise, doivent leur nom au corps de saint Marc, qui fut volé à Alexandrie et emporté secrètement à Venise en 828. Pour passer la douane d'Alexandrie sans éveiller les soupçons, les marchands vénitiens qui avaient subtilisé les reliques du saint eurent une idée peu catholique... En voyant ce que contenait la caisse, les douaniers, qui étaient sarrasins, furent horrifiés, se mirent à crier et firent accélérer l'embarquement. Avec quoi les négociants avaient-ils donc caché les reliques : des squelettes ? des serpents ?... ou autre chose ?

....

6 Intégramme à l'italienne

Dans un petit port du Sud de l'Italie, cinq hommes, en provenance de cinq villes italiennes, se trouvent dans cinq bateaux. Ils mangent des pâtes de cinq sortes et ont pêché des poissons de cinq espèces. Après avoir lu consciencieusement les indications ci-dessous, tentez de répondre à la question suivante : QUI A PÊCHÉ LE ROUGET ?

- Le Milanais se trouve dans le premier bateau.
- Le Romain est dans le hors-bord.
- Le Vaporetto est situé à gauche du Zodiac.
- Le Napolitain boit de la bière.
- La personne qui mange des farfalles a son bateau à côté de celui qui a pêché un denti.
- La personne qui est dans la felouque mange des spaghettis.
- Le Florentin mange des linguines.
- La personne qui est dans le bateau du milieu boit du chianti.
- La personne qui mange des farfalles a un voisin qui boit de la San Pellegrino.
- La personne qui mange des macaronis a pêché un mérou.
- Le Génois a pêché un mulet.
- Le Milanais a son bateau à côté du deux-mâts.
- La personne qui a pêché une langouste a son bateau à coté de la felouque.
- La personne qui mange des raviolis boit du Campari.
- Dans le Vaporetto, on boit du valpolicella.

indice n° 11

Et si vous séchez... faites un tableau !

....

7 Peintre mystère

Qui a peint ce tableau qui représente le palais maudit, le Ca'Dario, à Venise ?

....

Au

1 Parlez-vous japonais ?

Complétez la grille à l'aide des devinettes suivantes.

a Si je suis un grand guerrier, les enfants me préfèrent derrière ma carapace.

b Je suis un des premiers mangas, mais malgré mon nom sucré, on m'a un peu oubliée.

c En anglais, je suis franchement négatif, mais au Japon, je préfère avancer masqué.

d Si l'on me plie, je fleuris ou je vole, sans plumes et sans eau.

e En poudre ou en papier, je peux aussi être soufflé.

f Je suis le pays du Soleil Levant.

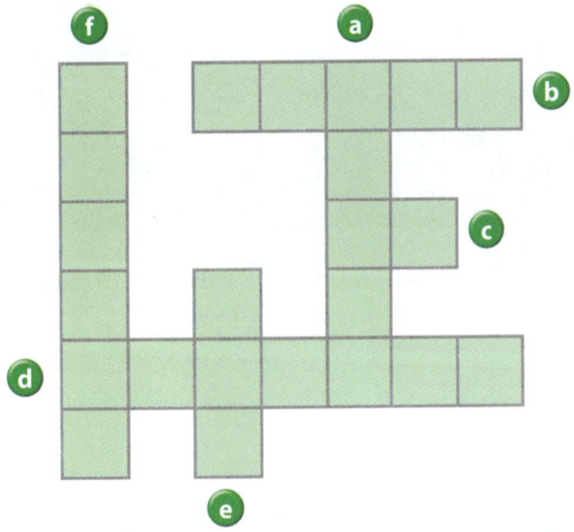

2 Ki e koi ?

indice n°12

Je suis un sumo, une geisha, un chien, un chat. Toujours là, je ne parle pas, je ne mange, ni ne bois… Qui suis-je ?

Je suis ……………………………

3 Histoire vraie

Portés disparus…

Dans un hôtel de Yokohama, au Japon, un homme vient de sceller l'union de mariage d'un homme et d'une femme, entre deux témoins. Dans cette pièce, il n'y a personne d'autre que les deux témoins, le maire, les fiancés et un convive. Lorsque la cérémonie est terminée, tous sortent et laissent la pièce vide.

Il n'y a qu'une porte. Pourtant, seulement quatre personnes sortent de la pièce.

Comment expliquez-vous cela ?

……………………………

4

Soleil Levant

4 Mathématique !

Sur le sable d'un jardin public, le jeune Akimoto pose cette équation à son ami qui lui soutient que c'est impossible.

$$\begin{cases} x^2 = y^2 \\ x \neq y \end{cases}$$

Évidemment, l'un des deux a raison, mais qui ? et pourquoi ?

....

....

....

5 Charade

indice n°13

Si mon premier est dingue,
mon second joue dans ton palais.
Mais mon tout, s'il s'en approche, te comble ou te tue…

Je suis ....

6 Six sushis sans sachet… (à prononcer très vite)

Un restaurateur vient de cuisiner de succulents sushis. Il choisit les 6 meilleurs, puis saisit 4 assiettes différentes posées devant lui, vides. Il dispose alors ses sushis dans ces 4 assiettes. Aucune assiette n'est vide, mais aucune ne contient un nombre impair de sushis.
Comment ce restaurateur a-t-il garni ses assiettes ?
Dessinez !

indice n°14

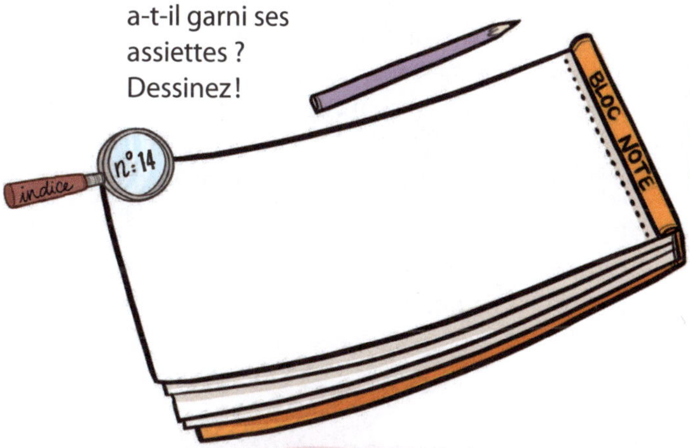

7 Un Futoshiki ?

Comme pour le Sudoku, le jeu consiste à placer les chiffres de 1 à 8, sur chaque ligne et sur chaque colonne, de manière à ce que les chiffres ne soient jamais répétés. Dans le Futoshiki, vous devez en plus respecter les signes « plus grand » ou « moins grand ».

```
4 < _   _ > _   _ < _   _ < _

_   _   _ < _   _   _   2 > _
        v
_   8   _   _   _ > 3 < _ < _

3   _   _ > _   8   _ < _   _

2   _   _   _   _   8   _   _
            v               ^
_   _   _   _   _ > _   _   _
^
_   _   _   _ < _ > _   _ > _
    ^
_   _   _ < _   7   4   _   _
```

*Technique japonaise traditionnelle d'emballage en tissu.

Île de

* Bouillabaisse en langue corse.

1 Histoire à rendre chèvre (I)

Sur la route, Dumè parle avec ses amis Joseph et Antoine :

« J'ai quelques-unes de mes chèvres qui se sont perdues de l'autre côté de la montagne. Je ne les retrouve plus. Pourtant, je les ai aperçues de loin… 4 d'entre elles ne sont pas noires.
– Mais non, moi je les ai vues : toutes sont blanches sauf 3 !
– N'importe quoi ! Toutes sont marron sauf 3 ! »

Ces hommes ont tous raison…
Combien de chèvres Dumè a-t-il égarées, sachant que parmi les chèvres perdues, il y en a de chaque couleur ?

....

2 Histoire à devenir chèvre (II)

Dumè voudrait isoler ses chevreaux car ils ne cessent de bêler lorsqu'ils se voient.
Il a acheté des palissades pour faire cinq enclos, mais les bêtes s'aperçoivent à travers les palissades… Il décide donc de se débarrasser d'un chevreau, puis de laisser un enclos vide entre chaque. Chacun des côtés des enclos est constitué d'un seul morceau. En ne bougeant que deux palissades, comment peut-il faire ?

....

3 Les randonneurs

Des randonneurs sont partis sur le GR20 – sentier de crêtes qui traverse la Corse du nord au sud. Ils traversent tranquillement une forêt de chataigniers, lorsqu'ils remarquent des cendres portées par le vent... Le *libecciu* – vent d'ouest – souffle à 75 km/h. Un feu gagne le maquis, attisé par le vent ! La forêt est située au nord d'un col et au sud d'un précipice. Et ils n'ont parcouru que 2 km depuis une heure ! Ils vont finir rôtis ! L'un d'eux suggère d'allumer un pare-feu…
Ouf ! ils arrivent à ne pas se faire rôtir. Comment ?

....

indice n°15

Beauté

4 Mots corsés

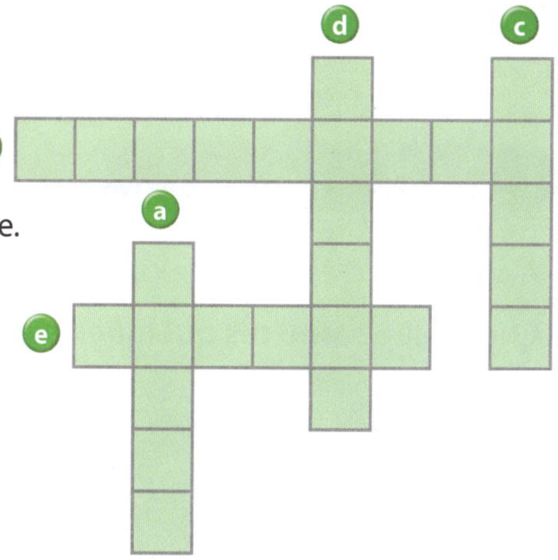

Tentez de résoudre chacune de ces énigmes en vous aidant de la grille.

a Si quand on prononce mon patronyme, on pourrait croire que je ne dors pas comme tout le monde, on vénère ma mémoire partout dans l'île.

b Si les touristes n'en ont qu'une pour déguster la coppa, c'est pour les miennes qu'ils viennent m'admirer… Qui suis-je ?

c J'ai été capitale de l'île lorsqu'elle fut un pays.

d Je suis ouverte et tournée vers l'Italie, mais si l'on m'ampute de mon « i », je dis : « Assez ! »

e Si au Japon je peux cacher du poisson, dans l'île, je peux cacher bien d'autres choses.

5 Énigme vraie

La Corse ayant été longtemps génoise, il demeure autour de l'île de nombreuses tours et fortins destinés, autrefois, à la protéger des invasions barbares.

Construites au XVIe siècle par les Gênois, les tours rondes du littoral servaient à surveiller la mer. Dans le cap Corse (péninsule qui s'étire au nord de l'île), on compte de nombreuses tours. Elles ont la particularité d'être toutes en vue les unes des autres. Pourquoi, à votre avis ?

6 *Salute !*

Antoine et Dumè sont attablés au café pour l'apéritif du soir.

Ils ont deux verres exactement identiques. Celui d'Antoine contient 15 cL de pastis pur, celui de Dumè 15 cL d'eau.

Antoine prend une cuillère de pastis et la verse dans le verre de son ami.

À son tour, Dumè prend une cuillère qu'il remplit avec le liquide contenu dans son verre et la reverse dans le verre d'Antoine.

Y a-t-il plus de pastis dans l'eau ou d'eau dans le pastis ?

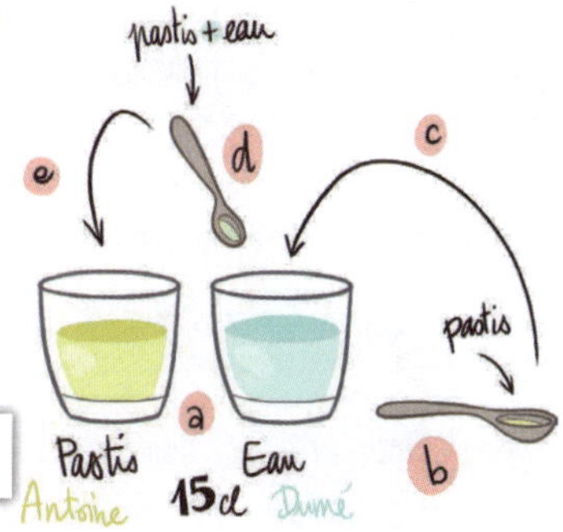

7 Dans le bain !

Ce matin, vous décidez d'aller vous baigner à 7 heures. Depuis votre terrasse, vous distinguez très bien la plage de Palombaggia : personne ! Vous prenez vos palmes et empruntez sans attendre le chemin qui y conduit. En chemin, vous croisez un couple avec un bébé, trois fillettes et deux garçonnets tenant chacun un chien en laisse, trois touristes avec un chat dans un panier et deux personnes âgées avec chacun un couple de chiwawas en laisse ! Combien de personnes allez-vous retrouver sur la plage ?

8 Charade

Mon premier marque régulièrement la mesure.
Mon deuxième cerne l'île.
Mon troisième est donné en début de concert, mais marque la fatigue.
Mon tout est une réserve marine classée par l'UNESCO.

C'est ……………… .

Énigmes en fiction Énigmes en

1 Montez le décor…

À quel film d'épouvante ce décor fait-il référence ?

Choisissez parmi ces quelques pistes…

- *La Maison du Dr Edwards* d'Alfred Hitchcock
- *La Maison du lac* de Marc Rydelle
- *Amityville* de Jay Anson
- *Psychose* d'Alfred Hitchcock
- *Shining* de Stanley Kubrick

2 Héros en séries

Reliez ces héros aux titres des séries dans lesquelles ils apparaissent.

a Simon Templar

b Patrick Sane

c Inspecteur Juve

d jack malone

FBI-Portés disparus

Fantômas

Le Mentalist

Le Saint

3 Polars d'un soir

Retrouvez les titres des romans policiers qui se cachent derrière ces énigmes.

a Ils sont une dizaine à n'être ni grands, ni pâles… ....

b On peut disparaître sur un fleuve d'Afrique. ....

c Liquidation ferroviaire entre Paris et Istanbul. ....

4 Bas les masques !

Derrière ces noms d'emprunt se cachent les noms de célèbres auteurs de romans policiers.
Pour indice, voici leurs initiales…

a Ella Lynch Moinec M.C. : ....

b Emile Crablucan M.L. : ....

c Simon Ronegeges G.S. : ....

d Rad Fevgsar F.V. : ....

5 Sens dessus dessous

Avant d'être portées à l'écran, ces œuvres étaient toutes des romans.
Reliez chacune d'elles à son (ou ses) auteur(s).

a *Le talentueux M. Ripley*, Anthony Minghella — Boileau et Narcejac

b *Pars vite et reviens tard*, Regis Wargnier — Sébastien Japrisot

c *Mon petit doigt m'a dit*, Pascal Thomas — Fred Vargas

d *Sueurs froides*, Alfred Hitchcock — Agatha Christie

e *L'Été meurtrier*, Jean Becker — Patricia Highsmith

Maintenant, associez chaque film à son acteur principal !

Alain Souchon : .... James Stewart : ....

André Dussollier : .... Jude Law : .... José Garcia : ....

J'ai deux amours...

LEQUEL DES DEUX A RAISON ?

1 À carreaux

Pierre a récupéré des carreaux de ciment au marché Paul-Bert, aux puces de Clignancourt. Quand il les achète, ils sont placés dans un ordre bien précis, comme ils l'étaient sur leur sol d'origine. Le brocanteur lui explique qu'il ne faut en aucun cas les disposer autrement car ils tiendraient alors en équilibre et pourraient se casser.

Mais quand Pierre arrive chez lui, avec les secousses de la route, les carreaux se sont dispersés dans le coffre de sa voiture... Il est consterné. Pourriez-vous l'aider ?

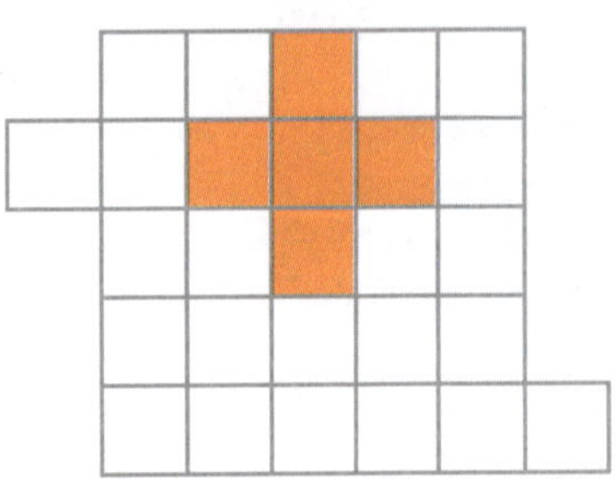

2 Par monts et par vaux

Tentez de deviner les hauts lieux touristiques de la capitale qui se cachent derrière ces énigmes.

a Certains préfèrent me manger, voire me tremper dans du thé.

b On pourrait nous croire impotents, il n'en est pourtant rien.

c Elle vous interdit côté ouest, mais n'est pas une interdiction !

d C'est un jardin particulier dont la paternité est en état de siège.

e On s'y enfonce et on s'y perd, mais sans les crocodiles...

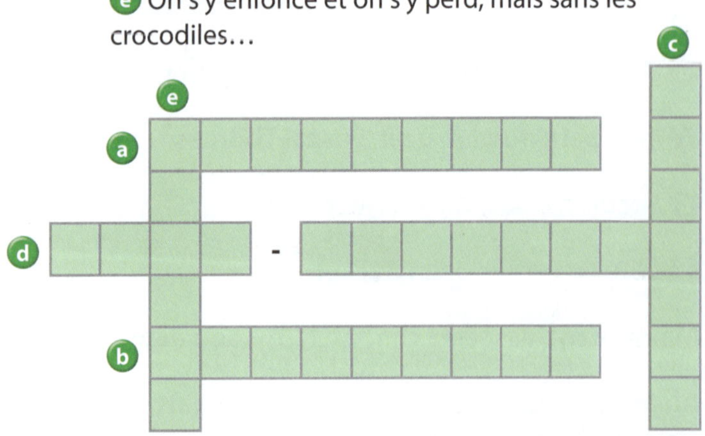

mon pays et Paris

3 L'amoureuse de Paris

Voici une statue de sainte Geneviève, dont la légende raconte qu'en 451 elle réussit à convaincre les habitants de Paris de ne pas abandonner la cité aux Huns. Et elle eut gain de cause puisque Attila épargna la cité. Dans quel parc se trouve cette sainte patronne de la ville de Paris ?

La clé est cachée dans une de ces photos : si vous les regardez avec attention, un indice vous permettra de trouver la solution…

indice n°17

1 ....

Le parc de la Turlure

2 ....

Le jardin du Luxembourg

3 ....

La place des Vosges

4 Énigme vraie

Elle court, elle court, la rumeur…

En mars 1984 exactement, les égoutiers appellent les forces de l'ordre.

Sous le Pont-Neuf, ils ont découvert un animal de 1 m de long, tapi dans un coin, à quelques mètres d'eux.

Est-ce un ragondin géant ? un rat d'égout ? un chien ?

....

5 Pâtisseries parisiennes

indice n°18

Dans ce texte sont cachées 4 pâtisseries très franciliennes. Sauriez-vous les trouver ???

Ce matin, Irène a pris le train pour la Bretagne, en gare Montparnasse. Je l'ai aidée à porter ses bagages car elle a emporté un dictionnaire de plusieurs dizaines de centaines de pages. Je la retrouve demain soir au Palais Garnier et l'emmènerai dîner dans un restaurant de cette rue qui abrite l'Élysée et dont j'ai oublié le nom du saint.

....

6 Superstition

Un homme fait composer de magnifiques plateaux de petits-fours chez un traiteur de renom puis demande à se faire livrer le soir même à son domicile du 13 rue Saint-Honoré à Paris où il s'acquittera de la facture dès réception. Cet homme ne paiera jamais ses plateaux et le traiteur aura perdu son temps. Pourquoi ?

....

7 Pin-pon…

En prenant le carrefour de l'Étoile à vive allure, un père et son fils tombent de leur scooter. Le fils est transporté d'urgence à l'hôpital pour se faire opérer de la main. Le chirurgien arrive dans la salle d'opération et s'exclame :

« Mais, c'est mon fils ! »

Pourtant, son père est en salle d'observation à l'étage du dessous…

....

QUELLE TRAJECTOIRE A SUIVIE NOTRE AMI POUR ÉCHAPPER AUX VACHETTES, SACHANT QU'ELLES ONT FONCÉ DROIT DEVANT VERS LEUR TORERO ET QU'IL N'A, À AUCUN MOMENT, CROISÉ LEUR TRAJECTOIRE ?

1 *Toros y toreros*

Don Miguel, Don Pedro et Don José, toreros, discutent avec animation des exploits d'un certain Julio.
Don Miguel. – Julio a tué plus de 10 taureaux !
Don Pedro. – *Claro que no !* Il en a tué au moins 10 !
Don José. – Lui en tout cas, il en a tué au moins 1 !

Si une seule de ces affirmations est vraie, laquelle est-ce ? Et combien donc l'illustre Julio a-t-il occis de bêtes ?

....

2 L'illusionniste

Ce tableau de Salvador Dalí cache en réalité deux images ! Reculez-vous… Encore un peu… Si vous êtes myope, ôtez vos lunettes. Vous devriez voir apparaître quelqu'un...
Le titre de l'œuvre est :
Gala regardant la mer Méditerranée qui à vingt mètres se transforme en portrait d'_______ _______ (Hommage à Rothko), 1976.

3 Tortillons, tortillez, tortilla !

Amalia a préparé une bonne tortilla ronde – sorte d'omelette aux pommes de terre – pour le dîner. Elle a six convives, sert chacun d'eux en parts égales. Il reste deux parts sur la table. Pourtant, elle n'a donné que trois coups de couteaux pour découper sa tortilla...

....

¡ Olé !

4 La vache ! (1)

Don Miguel et Don Pedro gardent leurs vaches… Mais combien ont-ils de vaches chacun ???

5 La vache ! (2)

Sauriez-vous appeler ces vaches, sachant que Pepita est blanche et mauve et n'est pas à côté de Sangria, que Bianca est à gauche de Toto qui est à côté de Palmito et en face de Palmita qui n'est pas rousse et que Palmito est entouré de mouches ?

6 Qui suis-je ?

Dans à l'envers, dans à l'endroit,
comme le droit remplace le vers,
et le vers remplace le droit,
avec ton bras remplace le vers,
ou de ton bras remplace le droit,
et mes parfums tu connaîtras…

Je suis

7 ¡ Salud !

A l'heure de l'apéritif, Carlos a disposé sur la table une série de verres. Certains contiennent du brandy, les autres doivent rester vides pour servir de la sangria.

Carlos souhaite alterner les verres vides et les verres pleins. Comment va-t-il faire en ne déplaçant qu'un seul verre ?

8 Ça craque...

Pedro, Juanita et Ana ont loué un voilier pour les vacances, emmenant avec eux leur chien Piquillo. Ils sont amarrés au large d'un village, au sud de Barcelone. Pour rejoindre la plage, il leur faut utiliser une annexe gonflable sur laquelle est inscrit :

ATTENTION : DANGER !
Ce canot ne supporte pas de charge supérieure à 95 kg.

Pedro, qui a passé l'hiver à manger du jambon serrano, pèse près de 95 kg ; Juanita 49 kg, Ana 46 kg, leur chien 43 kg... Comment vont-ils faire pour passer sur la terre ferme sans laisser le chien seul ?

Quelque part en Transylvanie...

Splendeurs

POMPETTE EN EST SÛRE : C'EST ENCORE UNE HISTOIRE DE VAMPIRES. OU DE MEURTRIERS SANGUINAIRES. VOUS N'Y CROYEZ PAS ? ET POURTANT, ELLE A BIEN ENTENDU, ET LE GARDIEN NE MENT PAS... COMMENT EXPLIQUEZ-VOUS CELA?

1 Très chair

George Sand et Alfred de Musset ont eu, à en croire les rumeurs, une correspondance coquine. Voici deux lettres qu'on leur prête. D'autres, bien plus coquines, circulent également, mais ne sont en réalité que des canulars.

Sauriez-vous décoder ces lettres ?

Quand je jure à vos pieds un éternel hommage
Voulez-vous qu'inconscient je change de langage ?
Vous avez su captiver les sentiments d'un coeur
Que pour adorer forma le Créateur.
Je vous aime et ma plume en délire
Couche sur le papier ce que je n'ose dire.
Avec soin, de mes lignes, lisez les premiers mots
Vous saurez quel remède apporter à mes maux.

Alfred de Musset

Cette indigne faveur que votre esprit réclame
Nuit à mes sentiments et répugne à mon âme.

George Sand

2 Qui suis-je ?

indice n°20

Dans une des salles du château, à l'entrée des cuisines, est inscrite cette phrase :
Si je tombe souvent à pic, je sais me tenir à carreau, et toujours avec du cœur.
Mais je ne suis pas ce que je suis car si j'étais ce que je suis, je ne serais pas ce que je suis.

Je suis ....

3 La vie de château

Dans les banquets, on se régale… On peut, entre autres, se délecter de la pâtisserie qui se cache derrière cette charade attribuée à l'auteur de *Notre-Dame de Paris*. À vous de la trouver !

Mon premier est bavard.
Mon deuxième est oiseau.
Mon troisième est café.
Mon tout est une pâtisserie.

....

d'antan

4 Tour à tour

Un homme est fait prisonnier dans des oubliettes. On lui laisse une dernière chance. Il y a deux escaliers avec un garde posté devant chacun d'eux. Un escalier monte vers la liberté, l'autre descend en enfer.
Quelle question doit-il poser, sachant qu'il ne peut en poser qu'une seule et que l'un des gardes ment tandis que l'autre dit toujours la vérité ?

....

5 Y a pas photo !

Si l'on raconte que le château d'Ussé, en Indre-et-Loire, aurait inspiré Perrault pour sa *Belle au bois dormant*, Walt Disney, lui, est allé chercher son inspiration ailleurs. Sauriez-vous deviner le château qu'il a choisi ?

1 ....

Chenonceau

2 ....

Neuschwanstein

3 ....

Chambord

6  2

Mon premier est *chat*, mon second *tôt* et mon tout se trouve dans toutes les réponses.

a Mon premier ne plie pas.
Mon second s'entend deux fois dans les premiers mots de cette phrase.
Mon troisième ne trouve pas mon tout.

b Mon premier donne mon troisième.
Mon deuxième ouvre *boisson*.
Mon troisième coule de mon premier, et mon tout est en forêt.

c Mon premier ouvre les lettres, mon deuxième n'est qu'assiduité, mon troisième fera de l'ombre en mon tout.

d Mon premier se coupe souvent à travers, mon second est sur les côtés et mon tout est un des châteaux de la Loire.

e Mon premier te montre le sens, mon second sort et mon tout est sans doute le plus solaire.

f Quand ils sont royaux, mon premier est bleu et mon second est blanc ; quand ils ne le sont pas, mon premier sera rouge et mon second orange, mais mon tout est toujours royal.

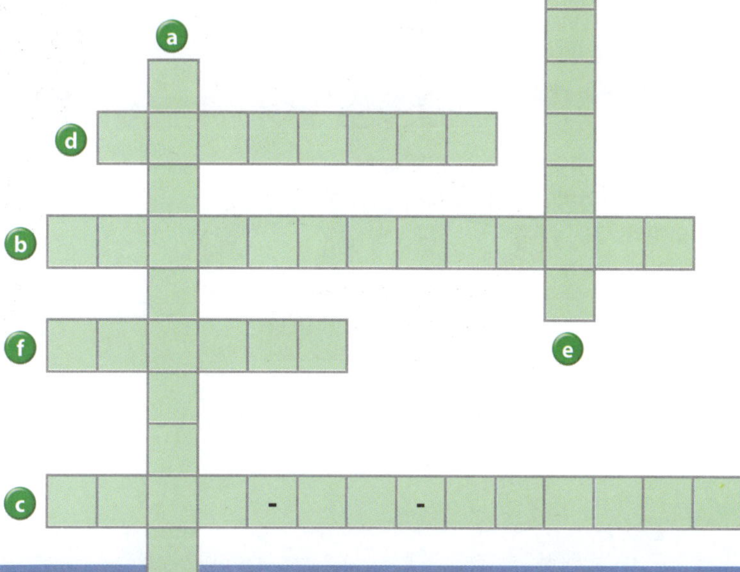

1 Il fait soif !

Avec vos deux comparses, vous vous êtes égarés dans le désert.
Vous avez très soif. Il vous reste cinq canettes. Une seule contient un fond de soda, les autres ont servi de cendrier et contiennent un mélange de soda et de cendres de cigarette… Il n'y en aura pas pour tout le monde. Vous décidez donc de concert qu'un seul aura la chance de boire le fond du soda…
Le premier qui tente sa chance choisit une canette. Si elle contient du soda, il la boit en premier. Dans le cas contraire, la canette est alors retirée, et le second joueur en choisit une à son tour.
Dans votre malheur, vous avez de la chance, car on vous laisse choisir à quel moment vous voulez jouer : en premier, en deuxième ou en dernier.

……………………………………………

2 Totalement à l'ouest…

Un homme en panne d'essence avance dans le désert, en pleine nuit.

Il a fait 100 pas vers le nord, 65 pas vers l'ouest, 89 pas vers le nord, puis est revenu sur ses pas sur 65 pas, il a ensuite fait 49 pas vers l'est, puis enfin 50 pas, à reculons, vers le sud, il a ensuite fait 16 pas puis, aveuglé par le soleil, s'est tourné d'un quart sur sa droite et a marché 70 pas. Autour de lui, tout est calme et silencieux.
Tout à coup, il crie : « Au voleur ! » Pourquoi ?
Retracez son trajet sur le bloc-notes !

Désertique

3 Bivouac

Cette grille représente un désert dans lequel des voyageurs ont planté des tentes, plus ou moins grandes. Voici les tentes en question :

3 grandes tentes

2 tentes moyennes

1 petite tente — sable

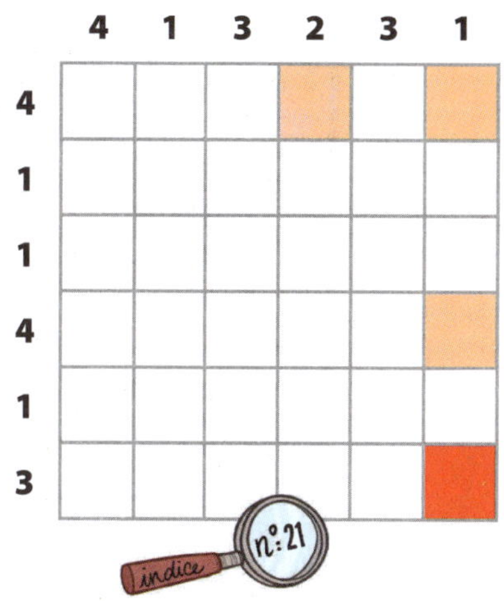

Trouvez l'emplacement de chaque tente en vous aidant des chiffres inscrits autour : ils indiquent combien de cases il faut colorier sur la ligne ou la colonne correspondante.
Les tentes ne se touchent jamais, même par un coin, ne sont jamais en diagonale et il y a toujours des cases vides entre elles.

4 Énigme célèbre

Un commerçant vient de conclure une affaire avec un marchand situé dans une ville, à 1 000 km. Il a 3 000 bananes au maximum à lui apporter. Il n'a qu'un moyen de transport : son chameau. Celui-ci ne peut transporter plus de 1 000 bananes à la fois et n'accepte d'avancer que s'il en mange une à chaque kilomètre parcouru…
Combien de bananes au maximum le chameau conduira-t-il à bon port ? (Il peut faire un nombre illimité d'allers-retours et il peut déposer des bananes dans certains endroits et les récupérer.)

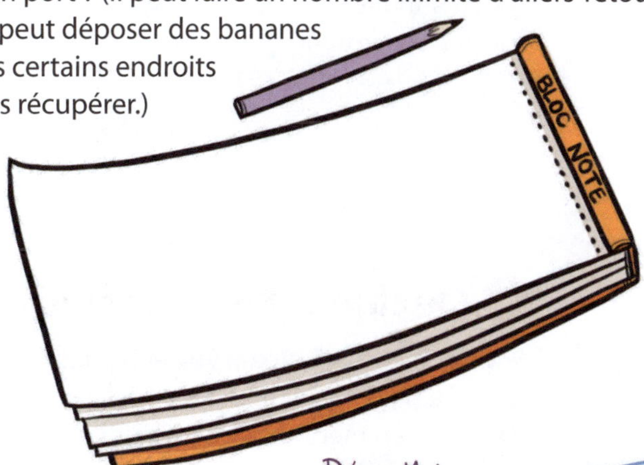

5 Énigme vraie

En Australie, je couvre environ 100 000 km² au centre de l'île, mais dans le monde, les aventures de ma petite famille couvrent des milliards d'hectares…

Quel est mon nom ?

....

6 Jeu de mirages

Une erreur s'est glissée dans cette carte.
À vous de la retrouver !

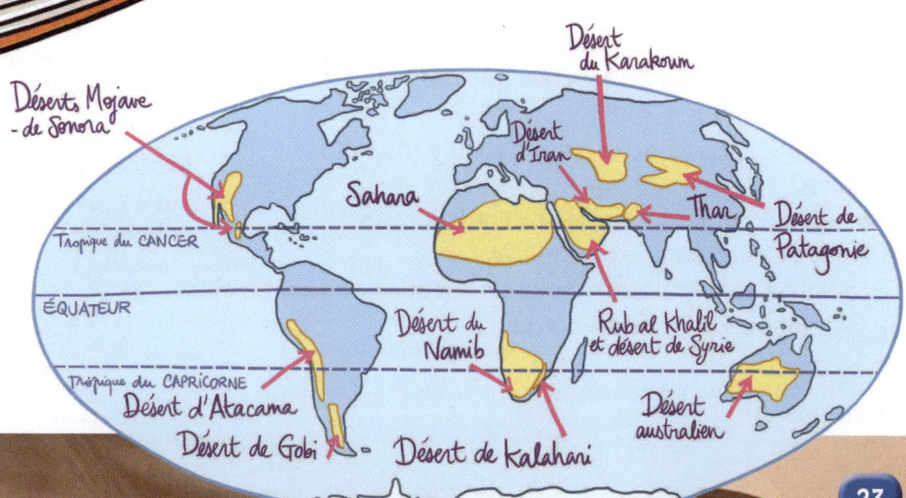

À

POMPETTE PERD À CHAQUE FOIS, ET LE MATELOT EMPOCHE PLUSIEURS FOIS LES 17 BILLETS. POMPETTE S'ÉNERVE ET TRAITE L'AUTRE DE TRICHEUR. LE MATELOT A-T-IL LA BARAKA?

1 Quand la marée s'emmêle

Un trois-mâts a jeté l'ancre dans un petit port normand. Sur la coque, à tribord, pend un Zodiac, totalement au sec, à 1,20 m de la ligne d'eau. Pour le moment, la mer est basse, mais la marée commence à monter. Sachant que le niveau de l'eau va monter de 50 cm par heure, et qu'il est 18 heures, à quelle heure le Zodiac sera-t-il mouillé ?

2 Qui est-ce ?

Il y en a un en Méditerranée, deux en Atlantique, mais aucun en Pacifique. Qui est-ce donc ?

3 Prémonition...

Un bateau de croisière fait escale dans une ville de Méditerranée. Le capitaine s'apprête à descendre prendre son petit-déjeuner en ville, mais il est arrêté par le matelot-veilleur de nuit. Celui-ci le met en garde : « N'y allez pas, capitaine, je viens juste de rêver qu'une bombe explosait en ville. Mes rêves ne me trompent jamais, croyez-moi ! »
Le capitaine, sceptique, l'écoute et annule son petit-déjeuner.
Une heure plus tard, les sirènes retentissent : un attentat a eu lieu dans le centre-ville.
Le capitaine, reconnaissant, remet un chèque important au matelot puis le licencie. Pourquoi ?

4 Quelque chose qui cloche

Pompon s'est acheté un voilier il y a dix ans. Il a navigué en mer d'Irlande, dans la Manche, en mer Adriatique, dans l'Atlantique et dans l'océan Pacifique. Il raconte à qui veut l'entendre qu'il ne naviguera jamais en Méditerranée car c'est une mer trop plate. Les autres se moquent de lui. Pourquoi ?

l'eau !

5 Charade

indice n° 23

Mon premier marche,
mon second nage,
et mon tout vole.

....

Cette charade a été inventée par Ampère, qui était un grand amateur de jeux d'esprit.

6 Énigme tristement vraie

indice n° 24

En pleine mer Méditerranée, non loin des côtes, tous les passagers d'un voilier sont retrouvés autour du bateau, noyés. Pourtant, le temps est beau... aucune tempête. À bord, rien n'a été volé et les corps, intacts, ne portent aucune trace de coups...

....

7 Bateau, sur l'eau...

Au centre de chacun des carrés, un chiffre indique le nombre de bateaux noirs qui l'entourent.
À vous de noircir les bateaux correspondants !

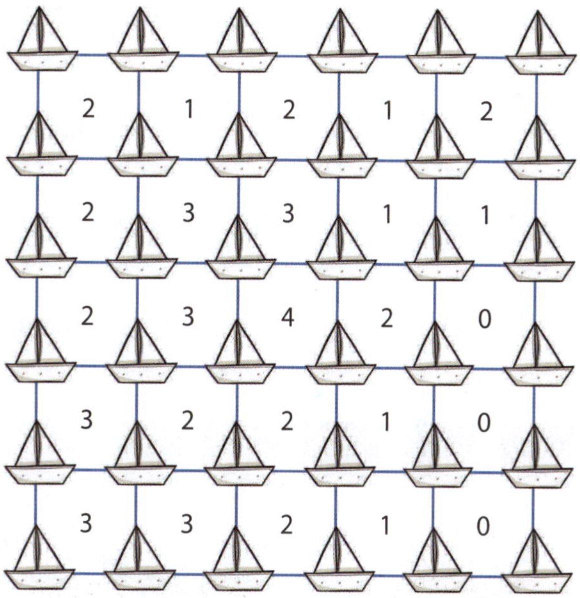

8 Énigme historique

Une longue corde est attachée à la poupe d'un bateau. On a pris soin de faire des nœuds à intervalles réguliers. Lorsque le bateau démarre, le capitaine est en mesure de déterminer la vitesse de son bateau. Pourquoi ? Comment ? (Si vous parvenez à résoudre cette énigme, vous aurez compris pourquoi on utilise des nœuds en marine pour mesurer la vitesse des bateaux.)

....

9 Avez-vous le pied marin ?

a Là où ils ne peuvent servir à marcher, on peut pourtant compter sur eux.

b Elle fait bonne figure même en cas de tempête.

c Si Frédéric, mon homonyme, a rendu son dernier souffle et laissé ses derniers mots, en Méditerranée, je n'ai pas dit mon dernier mot, ni donné mon dernier souffle.

d Si à l'envers je suis pluriel, quand je me redresse, je donne du goût.

e J'ai beau pencher au féminin, je suis couvert au masculin.

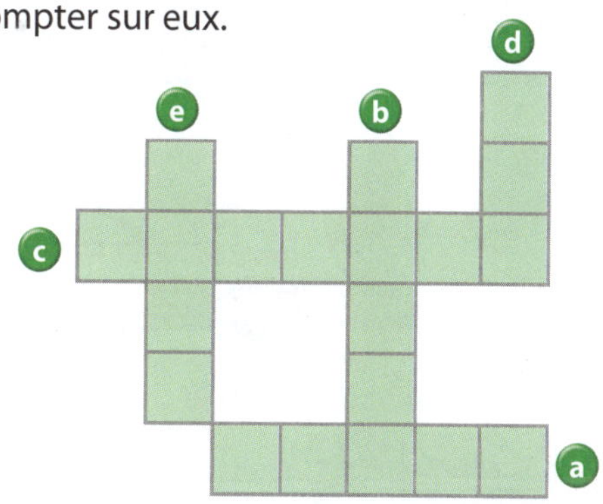

Énigmes en fiction Énigmes en

1 Titres à trous...

Remplissez les blancs par les mots manquants de ces titres de grands classiques du film noir. Les indices appartiennent au champ lexical du mot manquant.

- **a** La Nuit du .... (indice : gibier)
- **b** Le crime était presque .... (indice : absolu)
- **c** La Dame de .... (indice : Asie)
- **d** Ça .... à Vera Cruz (indice : début)
- **e** Le .... Homme (indice : chiffre)
- **f** L' .... du Nord-Express (indice : anonymat)
- **g** Le .... Sommeil (indice : immense)
- **h** La Dame du .... (indice : fleuve)
- **i** Le .... maltais (indice : rapace)

2 À fond la caisse...

À quels héros de séries télévisées appartiennent ces voitures ?

1 **Inspecteur Starsky**
(Starsky et Hutch)

2 **Lord Brett Sinclair**
(Amicalement vôtre)

3 **Inspecteur Columbo**
(Columbo)

4 **Michael Knight**
(K2000)

3 Légitime défenseur...

Lesquels de ces enquêteurs sont des (détectives) amateurs ?

Miss Marple ....

Mike Hammer ....

Rouletabille ....

Dr Watson ....

4 Le haut de la vague...

Ces films sont tous des films policiers français de la Nouvelle Vague. Leurs titres ont été découpés et mélangés… À vous de les reconstituer !
À bout le Fou – Pierrot à la dynamite – Bande meure ! – Le Tigre se parfume à part – Que la bête de souffle

1 ....
2 ....
3 ....
4 ....
5 ....

5 Quels sont les prénoms de ces policiers ?

1 Brunetti
a Guido
b Carlos
c Lorenzo

2 San Antonio
a Frédéric
b Antoine
c Dominique

3 Scarpetta
a Jacky
b Kay
c Tony

4 Wallander
a Jurg
b Kurt
c Franck

5 Maigret
a Georges
b François
c Jules

6 Montale
a Ennio
b Fabio
c Mario

Kiss

MAIS COMMENT A-T-IL PU SE PRODUIRE UNE CHOSE PAREILLE ?

1 Cryptarythme célèbre

En juillet 1924, un magazine américain publie ceci :

```
   S E N D
+  M O R E
----------
 M O N E Y
```

....
+ ....
....

En remplaçant chaque lettre par le bon chiffre, cette addition sera vérifiée.
Chaque lettre représente un seul chiffre.
Bon courage... Et pensez aux retenues !

2 Chiffre parfait

Pourquoi donc la couronne de la statue de la Liberté comporte-t-elle 7 branches ?

....

3 Sur la grille...

Tous les mots à trouver sont des sites ou des parcs prestigieux des États-Unis. Si leurs noms sont composés de plusieurs mots, n'inscrivez que le plus spécifique (ex. : *Sunset Boulevard* = *Sunset*).

a Elles tombent de haut depuis le XIXe siècle sans se faire mal.

b À une lettre près, je tirais des boulets au lieu de me laisser admirer par les amateurs de grandes étendues.

c Je suis une île que l'on préfère regarder avec une longue-vue... de peur de ne jamais en revenir.

d Fort de ma situation, j'ai combattu pour le Texas, mais trop tard... Dommage.

e On a mis le « la » aux Appaches, juste pour moi.

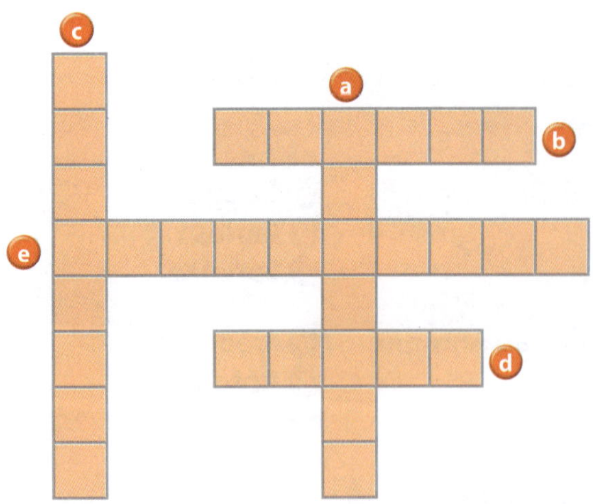

from the USA

4 Oh !

indice n°26

Derrière ce langage aux consonances squaws se cache le début d'une célèbre chanson française. Laquelle ? (Chaque trait correspond à une lettre manquante.)

_'ai _u _e_ Yo_ _ _e_ Yo_ _ U_A

_ai _u _e_ Yo_ _ _e_ Yo_ _ U_A

_e _'a ai_ _ie_ _u _'au

_e _'a ai_ _ie_ _u _'au_ _ _ _au_

O_! _'e_ _ _au_, _'e_ _ _au_ _e_ Yo_ _

_e_ Yo_ _ U_ _

5 Devinette

Sur la statue de la Liberté, on peut lire, inscrit sur une tablette :

JULY IV MDCCLXXVI

Sauriez-vous décrypter cette inscription mystérieuse ?

....

indice n°27

6 *Presidency*

Sauriez-vous reconnaître les visages de ces présidents américains ?
Sachant que Roosevelt se tient à la gauche de Jefferson, que Washington n'est pas le troisième ni le quatrième et que Lincoln, qui n'a pas de moustache, se tient à la gauche de Roosevelt.

1 ....
2 ....
3 ....
4 ....

7 Dans tous ses états

Regardez attentivement cette carte des États-Unis...
Un État a disparu de la carte !
Oui, mais lequel ?! Et où ?

....

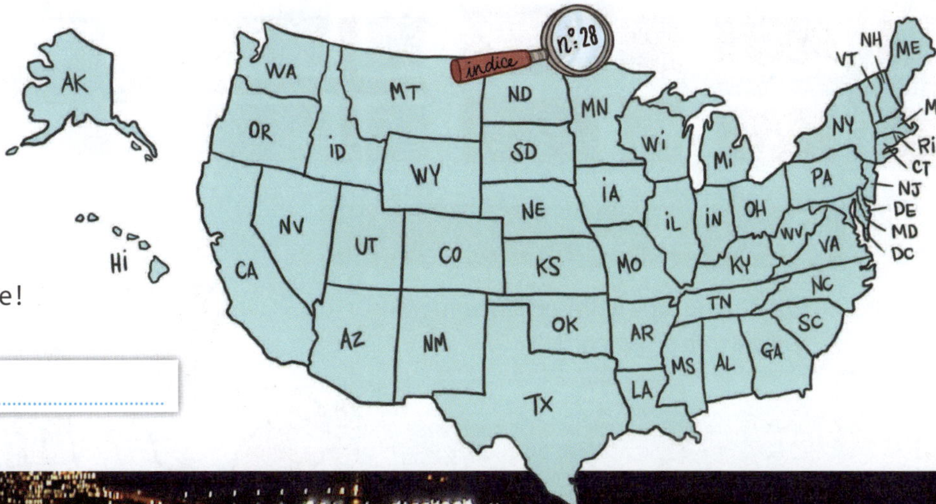

Le

1 Hissez haut !

Tous les drapeaux des pays nordiques se reconnaissent à leur même croix : la croix nordique.
Mais comment s'y retrouver ensuite parmi eux ?

Sachant que :
- seuls les drapeaux finlandais et suédois n'ont pas de rouge ;
- seuls les drapeaux islandais et norvégien sont tricolores ;
- la Finlande et le Danemark réunis donneraient le drapeau norvégien...

Saurez-vous associer chaque pays à son drapeau ?
À vos blocs-notes !

Danemark	Finlande	Suède	Norvège	Islande
1	2	3	4	5

2 Qui est-ce ?

Changez-lui une lettre, et de scandinave il deviendra de garenne…

....

Grand Nord

3 Sur la grille...

Devinez les noms qui se cachent derrière ces énigmes, puis glissez-les dans la grille.

a Mon premier s'exclame devant la lenteur de mon second que l'on danse dans les dancings de mon tout.

b Mon premier n'est pas le Sud, mon deuxième va avec mon troisième en personne et mon tout est un pays.

c Mon premier n'est pas mince, mon deuxième n'est pas amour, mon troisième s'étend froidement en mon tout.

d Ma première est ténue, mon second caquette et mon tout est une langue.

e Ma première donne le ton, mon deuxième est réceptacle, mon troisième dément et mon tout connaît la toundra.

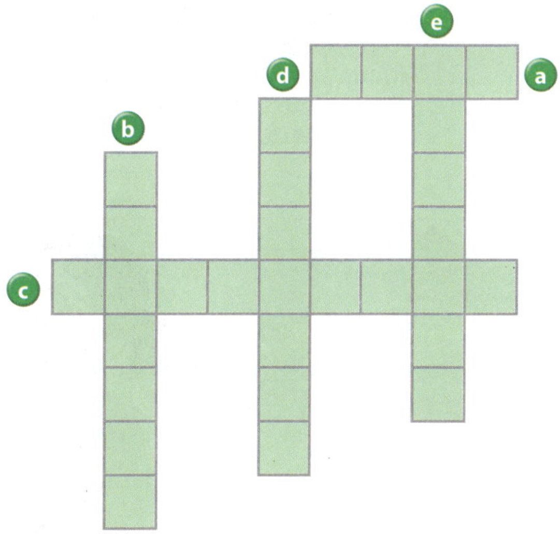

4 Rébus du Grand Nord

Devinez la phrase cachée derrière ces dessins.

5 Drôle de nounours...

Très présent en Scandinavie, ce petit ours d'une quinzaine de kilos est bien plus dangereux qu'il n'y paraît.

Le gulo-gulo, ou encore carcajou, se régale des corps d'animaux morts.

Les Français lui ont donné un autre nom en référence à sa voracité... Quel est-il ?

C'est le G _ _ _ _ _ N.

6 Qui est-ce ?

Certains se plaisent à me jeter dans la salle.
Pourtant, je reviens chaque hiver.

7 Charade

Mon premier n'est pas lui.
Mon second n'est pas glace.
Mon tout n'est pas troll.

Ils ont des

POURTANT, LOÏC N'EST PAS AUSSI BÊTE QU'IL EN A L'AIR. POURRIEZ-VOUS EXPLIQUER POURQUOI ?

1 Breton mystère

Rarement en marée, je sais rester à la pointe. Mais, trompant votre oreille, je resterai sur mes pointes, serai au bol ou même aux champs…

Qui suis-je donc ?

....

2 Où se cachent-elles ?

Trouvez 6 mots à l'horizontale de façon à ce que les lettres ajoutées forment, à la verticale, deux villes bretonnes.

A	_	E	U	_	É
L	_	U	P	_	R
T	_	A	Î	_	È
Â	_	O	N	_	E
P	_	T	R	_	S
É	_	O	S	_	E

3 Rébus d'outre-tombe

Saurez-vous découvrir l'écrivain breton caché derrière ces dessins ?

....

....

chapeaux ronds

4 Mystères bretons

À Brest, cahotant, deux enfants fantastiques glissaient. Hop ! Impressionnants jeux… Kermesse lointaine montrant Nord Ouessant pour que restent sur terre un vieux whisky, xérès… « Youpi ! » zozotent yacks xylophages… Wagons volant un train sur rails… Quand, pique-olives non moins lisses, kiwis juteux, invitent hommes-grenouilles, farfadets et dieux cornus bêtement attablés.

Quelle est la suite qui conclut ce texte fantastique ?

- ☐ Bon appétit !
- ☐ Champagne !
- ☐ Et pourquoi pas ?
- ☐ Fin
- ☐ Fantastique…
- ☐ Bizarre…
- ☐ N'importe quoi…
- ☐ Rideau

5 Sur la grille...

a Mon premier est double, mon deuxième dément, mon troisième est là et mon tout vous entraîne dans une folle ronde bretonne.

b Mon premier se plante à la mode, mon second se porte au cou pour faire plaisir, aux pieds pour punir, et mon tout enivre.

c Mon premier est « gros » en anglais, mon deuxième est là, mon troisième suit le « c », mon quatrième est sans amour et mon tout vient de Pont-Aven.

d Si ma lumière vous guide, ma saveur vous comble. Qui suis-je ?

e Mon premier ouvre le train, mon deuxième introduit une autre hypothèse, mon troisième se dit d'un anglais fou et mon tout vous régale.

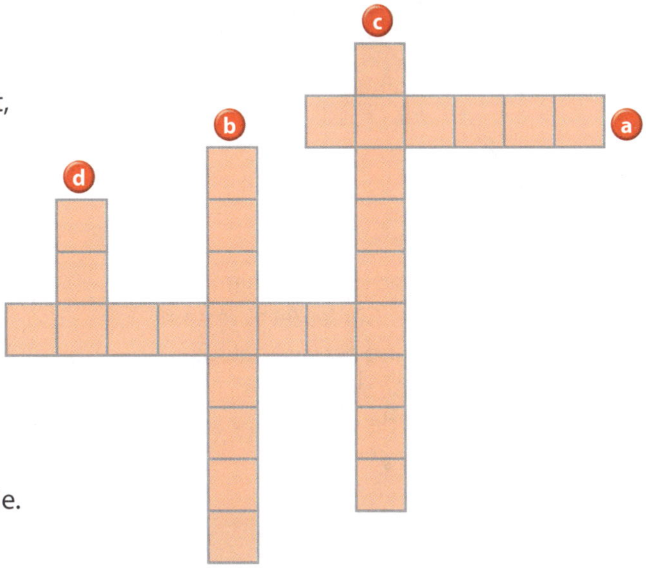

6 Au bon beurre

Non, cette anagramme n'est pas celle d'une chanteuse bretonne mais celle d'une spécialité de Douarnenez… Allez… remettez de l'ordre dans ces lettres !

NANA MOUGNKI

……………………………………

7 Le vrai drapeau ?

Le *Gwenn ha Du* est le drapeau breton.

Oui mais…

Regardez celui-ci attentivement. Êtes-vous sûr que c'est bien lui ?

Trouvez ce qui cloche !

……………………………………

Là-haut

1 Énigmatix

300 touristes arrivent en gare de Chamonix.
6 % portent des valises. Sur les 94 % restant, la moitié porte une valise et un sac à dos.
Les autres n'ont ni valise ni sac à dos.
Combien de valises et de sacs à dos y a-t-il dans la cour ?

....

2 Drôle de chalet

En haut de la montagne, un refuge est équipé d'un lampadaire qui fonctionne avec un groupe électrogène. À l'extérieur, trois interrupteurs sont en position « off ». Parmi eux, il n'y en a qu'un qui commande l'allumage du lampadaire. Sachant qu'on ne peut entrer que deux fois dans le chalet, qu'on ne peut pas laisser la porte ouverte si on sort, qu'on ne peut demander d'aide à personne et que la porte n'est pas vitrée, comment faire pour allumer la pièce avec certitude ?

3 Course

Chaque jour, Pierre descend au village à 10 h 30 exactement, pour prendre un café et jouer aux cartes avec Benoît, Franck et Luc. Puis il remonte chez lui, toujours à pied, par le sentier de la montagne. Il part à 11 h 30 pour être à l'heure pour déjeuner avec sa femme. Pourtant, certaines fois, il arrive à midi, et d'autres à midi trente. Il a beau accélérer le pas, il ne peut rien y faire… Pourquoi ?

....

sur la montagne

4 À la chaîne...

À l'intérieur de cette grille sont cachées six chaînes alpines, ces montagnes qui ont la particularité d'être disséminées autour de la Méditerranée…
Les mots se lisent de lettre en lettre, de bas en haut, de haut en bas, de gauche à droite et inversement, le sens de lecture pouvant bifurquer à chaque lettre (voir l'exemple en couleur).

E	I	S	S	E	P
R	A →	T ↓	P	A	L
R	A ← ↓	L	R	T	A
A	S	C	A	E	S
-	N	E	V	A	D
N	N	E	P	A	A
I	N	S	F	I	R

1 ATLAS
2 ……………………
3 ……………………
4 ……………………
5 ……………………
6 ……………………

5 Sans feu

Albert a atteint le premier le refuge de montagne ; il a dans sa poche 6 allumettes mais pas de grattoir… Pour passer le temps en attendant les autres randonneurs, il construit 8 triangles equilatéraux avec 6 allumettes.
Sauriez-vous en faire autant ?

6 Là-haut sur les montagnes...

Derrière les mots soulignés de ce texte se sont cachés six noms qui évoquent les montagnes, tant au niveau de leurs formes qu'à celui de de leur ensemble.

Dans ces arènes, on ouvrait les portes, lâchait les fauves qui étaient attachés avec des fers. Les hommes leur portaient des coups avec des armes pointues.
Ensuite, il fallait recoudre avec les bons outils les toges en lambeaux tandis que depuis le haut des gradins, on lâchait des volatiles dont le haut du crâne se distinguait par un liseré de chair rouge.

1 ……………………
2 ……………………
3 ……………………
4 ……………………
5 ……………………
6 ……………………

7 Énigme vraie

Saurez– vous deviner le nom du colonel dont il est question ici ?

« Mon respecté chef et prédécesseur le colonel Sir George _ _ _ _ _ _ _ _ m'a enseigné à désigner tout objet géographique par son véritable nom local ou indigène. Mais voici une montagne, probablement la plus haute au monde, dont nous n'avons pu trouver aucun nom local. L'appellation indigène, si elle en a une, ne sera très probablement pas découverte avant que nous soyons autorisés à pénétrer au Népal. En attendant, il m'incombe le privilège comme le devoir d'assigner un nom, par lequel cette montagne puisse être connue des citoyens et des géographes et devenir un mot d'usage courant dans les nations civilisées. »

Andrew Waugh,
Proceedings of the Royal Geographical Society of London.

Dans le quartier de *London East End*, Pompon et son neveu anglais Pompy, féru d'énigmes, récoltent des indices sur un personnage mystère…

1 Gare à Napoléon !

Toutes sont des batailles napoléoniennes. Sans vous y connaître en histoire, sauriez-vous classer ces noms du côté des défaites ou des victoires ?

TRAFALGAR – IÉNA – AUSTERLITZ –

WATERLOO – FRIEDLAND – WAGRAM

VICTOIRE	DÉFAITE
....	....
....	....
....	....
....	....

2 Qui sommes-nous ?

Le temps nous confond toutes les heures.
Pourtant, notre taille nous distingue et notre vélocité nous départage…

Qui sommes-nous ?

....

3 On THE GRIL...

Devinez l'anglicisme qui se cache derrière chacune de ces énigmatiques définitions en vous aidant de la grille…

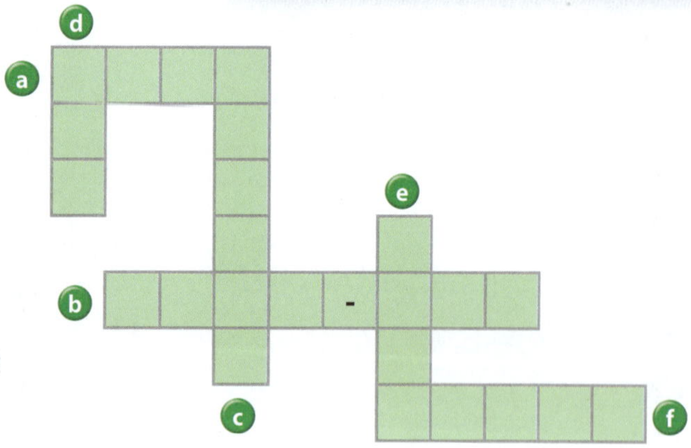

- **a** Une lettre qui n'est pas timbrée.
- **b** Suit vendredi avec plaisir.
- **c** Il est le chef de file et mène les troupes.
- **d** On peut y boire son thé, son café ou son chocolat le matin ou au goûter, le plus souvent chez soi.
- **e** C'est seulement un essai.
- **f** Grillé des deux côtés.

London

15

4 Flag

indice n°33

Vous connaissez certainement l'*Union Jack*, le drapeau du Royaume-Uni. Mais saviez-vous qu'il se composait en réalité de la superposition des drapeaux de l'Écosse, de l'Angleterre et de l'ancien drapeau de l'Irlande, avec la croix de saint Patrick ?

Sachant :
- qu'ils ont tous une seule couleur (et du blanc) ;
- que seuls les drapeaux écossais et britannique ont du bleu ;
- que le drapeau écossais comporte la même figure géométrique que celle de l'ancien drapeau d'Irlande ;
- que l'on a seulement rajouté un liseré blanc supplémentaire sur l'*Union Jack*, pour que jamais le rouge et le bleu ne se touchent ;
- que le drapeau britannique est ainsi :

Sauriez-vous reproduire le drapeau de chacun de ces trois pays dans les cases prévues à cet effet ?

Angleterre | Écosse | Irlande

5 What time is it?

John part de Paris pour Londres. L'Eurostar quitte la gare du Nord à 12 h 13, le dimanche 30 octobre. Le trajet dure 2 heures et 16 minutes. John s'est renseigné et le Royaume-Uni, comme la France, passe à l'heure d'hiver chaque dernier dimanche d'octobre pour repasser à l'heure d'été le dernier dimanche de mars. Sachant que le méridien de Greenwich traverse Londres et marque le fuseau horaire zéro, quelle heure sera-t-il à Londres lorsqu'il arrivera ? Entourez la bonne horloge !

indice n°35

6 On the ABBEY Road again...

Cette photo, qui représente les quatre membres du groupe traversant l'Abbey Road, figure sur l'album éponyme des Beatles (*Abbey Road*)... Enfin... pas tout à fait : un détail prouve qu'elle a été modifiée ! Lequel est-ce ?

....

1 Décodez...

Voici des titres de romans policiers. Chacun a été crypté selon un code différent. Le dernier titre utilise, pour chaque mot, un des codes précédents, dans leur ordre d'apparition (seul un des codes s'applique sur deux mots).

a vuydjib qet ey hsotco (Albert Simonin)

> ....

b ddeux sunng frquatretroisd (Truman Capote)

> ....

c laiouy greiouynd saeiuymmaiouyaeouyl (Raymond Chandler)

> ....

d dur ifific hezl esh ommes (Auguste Le Breton)

> ....

e ment ti par com eurs tu (Sébastien Japrisot)

> ....

f mi msixstdeuxrdeux daiouy lac hambre ne jau (Gaston Leroux)

> ....

2 Têtes d'affiche

Attribuez chacune de ces scènes au film d'Alfred Hitchcock dans lequel elle apparaît, puis mettez les noms d'actrices suivants sous les bonnes photos : Grace Kelly – Kim Novak – Tippi Hedren.

Fenêtre sur cour | *La Main au collet* | *Sueurs froides* | *Les Oiseaux*

1 

....

2 

....

3 

....

4 

....

3 Gradés...

Ces héros de polars vous sont certainement familiers. Mais connaissez-vous leur grade ? Sont-ils commissaires, agents, inspecteurs, détectives privés ou hors-la-loi ?
En face de leur nom, inscrivez le mot qui convient.
PRIVÉ – COMMISSAIRE – DÉTECTIVE

1 .... Nestor Burma
2 .... Mike Hammer
3 .... Sherlock Holmes
4 .... Hercule Poirot
5 .... San Antonio
6 .... Brunetti
7 .... Harry Bosch
8 .... Adamsberg

4 Nationalité

De quelle nationalité sont ces auteurs de polars ?

Michael Connelly
- a australien ☐
- b américain ☐
- c canadien ☐

Agatha Christie
- a suisse ☐
- b britannique ☐
- c belge ☐

Henning Mankell
- a suédois ☐
- b islandais ☐
- c norvégien ☐

Donna Leon
- a belge ☐
- b italienne ☐
- c américaine ☐

Stieg Larsson
- a allemand ☐
- b danois ☐
- c suédois ☐

5 CARRÉ mystère

Se cachent dans ce carré les noms de six fameux auteurs de romans policiers. Leurs noms sont lisibles dans tous les sens excepté en diagonale, en sautant d'une lettre à l'autre selon le modèle.
À vous de jouer !

E	T	T	E	N ←	O ←	N
H	B	E	N	A	M →	E ↑
C	T	J	A	C	I ↑	← S
N	O	S	P	Q	A	T
A	M	I	R	U	I	S
C	R	E	L	O	R	E
H	A	N	D	Y	L	L

Au

1 Au nom de la rosace

indice n° 36

Le maire d'une petite commune normande, voulant concurrencer l'abbaye du Mont-Saint-Michel, fait restaurer l'église de son village.
Il commande une rosace à un vitrier.
La surface de chaque panneau externe doit être égale à la surface du panneau rond central.
Le panneau rond central a un diamètre (d) de deux mètres.
L'épaisseur des montants entre les panneaux est suffisamment fine pour n'être pas prise en compte dans le calcul.
Quelle doit être la longueur (x) des montants séparant les panneaux externes ?

2 À la lueur des bougies…

Dans l'abbaye du Mont-Saint-Michel, on place 1000 bougies au début d'une cérémonie. Dès que les bougies ont un peu brûlé, les moines refont des bougies à partir de la cire perdue (ils refont 1 bougie à partir de la cire perdue de 10 bougies). Sachant qu'ils récupèrent de la cire une seule fois par bougie, et qu'ils récupèrent la cire de chaque bougie allumée, combien de bougies brûlent au total durant une cérémonie ?

16

Mont-Saint-Michel

3 Le détail qui compte...

a

b

c

d

Chacun de ces détails appartient à un des édifices ci-dessous. Faites-les correspondre !

Notre-Dame de Paris
Détail ....

Notre-Dame de Reims
Détail ....

Notre-Dame-de-la-Garde
Détail ....

Abbaye du Mont-Saint-Michel
Détail ....

4 AB... I

Dans une abbaye, au Moyen Âge, les moines ont fait vœu de silence. Personne, jamais, ne doit parler. Mais on leur apprend qu'une maladie s'est déclarée dans le couvent, due à un champignon rare. L'un d'entre eux est forcément atteint.

Cette maladie se reconnaît à la tache noire qu'elle crée dans le blanc de l'œil. Elle est contagieuse, n'a aucun remède et touchera chaque jour une nouvelle victime. Pour ne pas aggraver l'épidémie, tout moine atteint doit partir.

Les moines n'ont à leur disposition aucun miroir ni autre objet réfléchissant. Ils ne communiquent pas entre eux, que ce soit par écrit ou par geste. Pourtant, le premier jour, un moine quitte le couvent, marqué d'une tache noire. Tous les malades s'en vont, jour après jour, les uns après les autres.

Comment savent-ils qu'ils sont malades ?

....

....

5 Mystère et boule de gomme

Dans une abbaye, on découvre deux vieux grimoires. Sur chacun d'eux, une énigme :

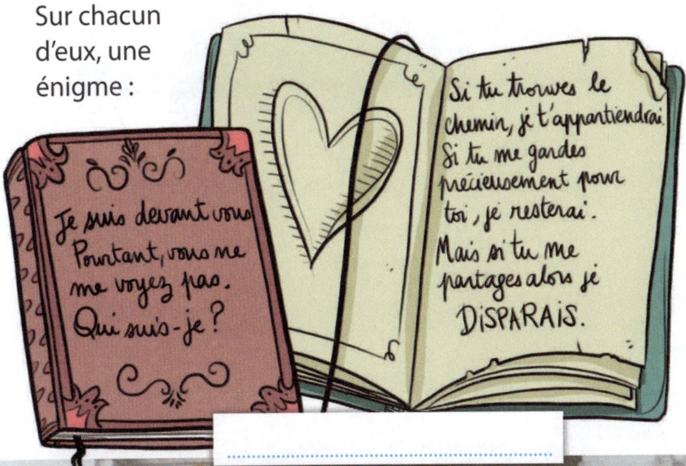

....

6 Énigme vraie

J'en ai fracassé tant dans les assiettes
et régalé plus d'un de ma recette !
De ces eaux qui entourent le mont,
j'ai moi aussi un peu le nom.
Écoute bien mon sobriquet,
si ce n'est à une lettre près,
j'aurais moi aussi baptisé
le collège d'Harry le sorcier...
Qui suis-je ?

....

Hermanos y hermanas...
Pompette, en vadrouille au Pérou, rend visite à son ami Pablo. Celui-ci l'invite à dîner et lui demande de l'aider à mettre le couvert. Il a invité toute sa fratrie...

1 Codé...

Au cours de son voyage au Brésil, un agent secret reçoit ce papier dans le hall de son hôtel. Il file à l'aéroport... Pourquoi ?

2 Quelque chose qui cloche...

Parmi tous ces noms, lequel est l'intrus ?

ARGENTINE
CHILI
BOLIVIE
URUGUAY
CUBA
COSTA RICA
MONTEVIDEO
PANAMÀ
NICARAGUA
SALVADOR
PARAGUAY
PÉROU

3 De la suite dans les idées...

Cette suite de mots respecte une logique...

LUTH – MAYA – MEULE – JEÛNER – VEILLER – SACRILÈGE

Pouvez-vous en déduire le mot suivant ? Choisissez parmi les termes suivants :

TOTEM – DIADÈME – CONSTELLATION.

America latina

4 À la lettre...

Si vous savez vous frayer un chemin dans ce labyrinthe de mots, vous découvrirez le nom d'un écrivain célèbre.

La 1re lettre est dans BOGOTA mais pas dans TOGO.

La 2e lettre est dans TOGO mais pas dans GRITA.

La 3e est dans GRITA mais pas dans DIEGO.

La 4e est dans DIEGO mais pas dans MEXICO.

La 5e est dans MEXICO mais pas dans SAXO.

indice n° 39

La dernière est dans SAXO mais pas dans BOGOTA.

....

indice n° 40

5 Vrai de vrai

La pyramide de Chichen Itza au Mexique, appelée également Kukulcan ou « el Castillo » par les conquistadores, a une architecture bien particulière. Construite en 9 blocs échelonnés sur 4 faces, chacun de ses côtés possède 90 marches, récemment numérotées. Sur la face nord de la pyramide, en bas des escaliers, ont été construites deux têtes de Serpents à plumes. Deux fois dans l'année, aux mêmes dates, se passe un phénomène surprenant : à 15 heures précises, la lumière du Soleil projette sur le sol l'ombre de 7 triangles isocèles. Cette figure, prolongeant naturellement les têtes des Serpents à plumes, semble évoquer leur corps...

Comment, selon vous, est-ce possible ? (Cette explication est très scientifique.)

....

6 Savez-vous compter maya ?

indice n° 41

1 s'écrit

5 s'écrit

10 s'écrit

19 s'écrit

Essayez de décrypter l'égalité suivante :

....

7 Drôle de langue...

Déchiffrez le rébus pour découvrir le secret de la culture argentine.

....

....

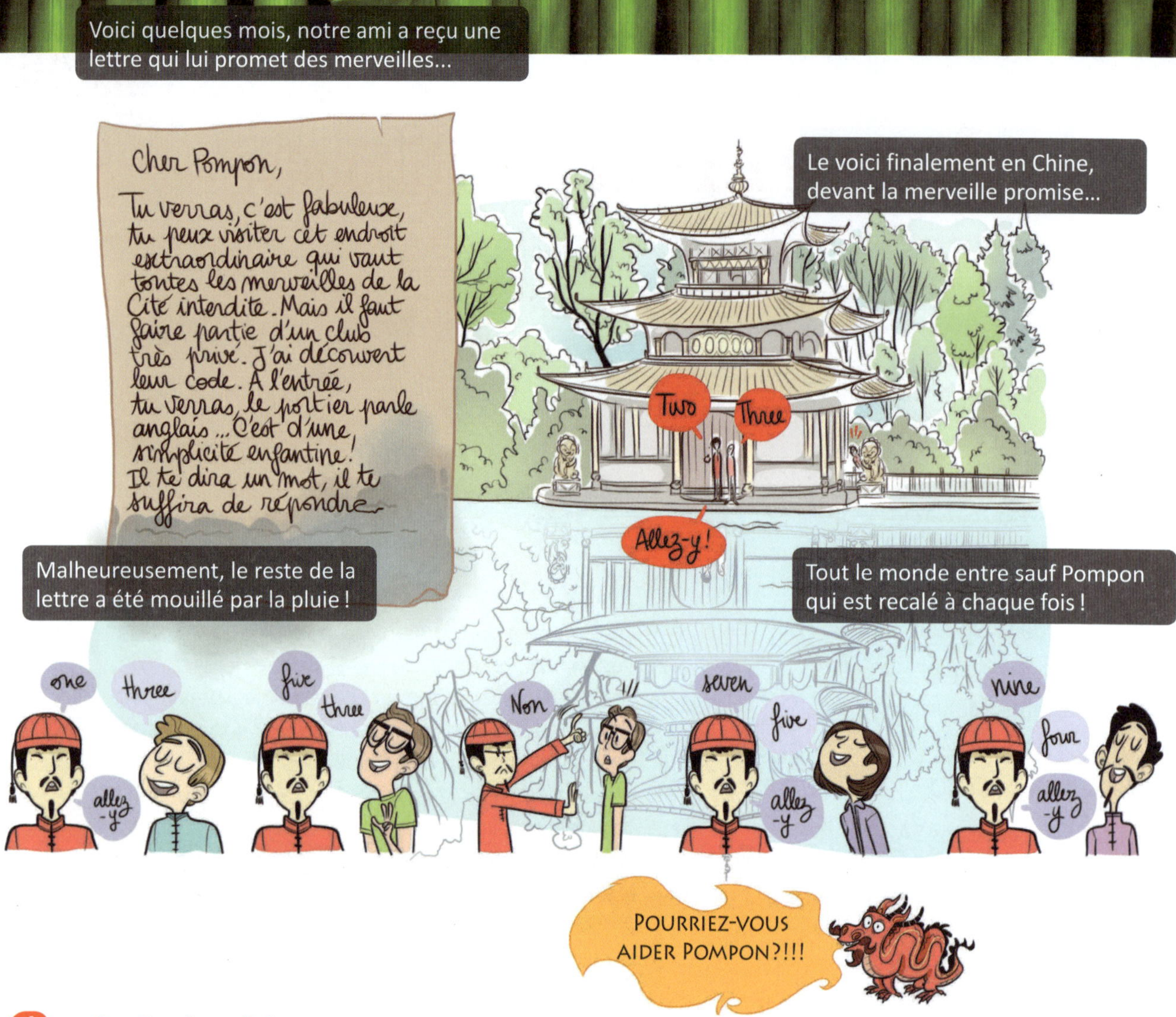

1 Miroir de Chine

Un homme visite un palais dans la province du Sichuan. Ce palais a la particularité de comporter une pièce sans fenêtre, sans meuble ni objet, hormis des miroirs qui recouvrent l'endroit du sol au plafond. Lorsqu'il pénètre dans cette pièce, la porte claque et il se retrouve seul à l'intérieur. Il n'y a absolument rien à l'intérieur, excepté lui et les miroirs. Il est très impressionné et pousse un cri. Combien peut-il percevoir de reflets de lui-même ?

....

2 Casse-tête chinois

Louis prépare un voyage en Chine. Il voyage en République populaire de Chine pendant 30 jours et 29 nuits. Pourtant, à son arrivée à l'aéroport de Paris, arrêté à la douane, on lui fait vider ses sacs et on lui demande de déclarer sur l'honneur qu'il a passé un mois en République de Chine.
Il déclare sur l'honneur n'être jamais allé en République de Chine. Il ne ment jamais. Comment pouvez-vous expliquer ses propos ?

....

3 Les petits Chinois

Dans une cour d'école, Lin, Chang et Ping rient comme des petits fous, ils avancent l'un derrière l'autre.
Lin dit : « Chang est derrière moi. »
Ping dit : « Lin est derrière moi. »
Chang dit : « Ping est derrière moi. »

Où sont-ils ? ....

Tchin Chine

4 La corde au cou...

Pompon s'apprête à entrer visiter la Cité interdite.
Mais un homme l'interpelle :
« Je vous parie 800 yuan renminbi que je peux faire un nœud avec cette corde sans la lâcher. »
Notre ami hésite...
En même temps, il ne voit pas bien comment le Chinois peut faire…
Sachant que 800 yuan renminbi équivalent environ à 100 €, que lui conseillez-vous ?

5 Cherchez l'erreur

Ce texte comporte une erreur. Lisez-le attentivement…

La Chine reconnaît 56 ethnies. À côté des Hans qui représentent environ 92 % de la population totale, on compte 55 minorités ethniques : mongole, hui, tibétaine, uygur, miao, yi, zhuang, buyi, coréenne, mandchoue, dong, yao, bai, tujia, hani, kazak, dai, li, lisu, wa, she, gaoshan, lahu, shui, dongxiang, naxi, jingpo, pateimperial, kirghise, tu, daur, mulao, qiang, bulang, salar, maonan, gelao, xibo, achang, pumi, tajik, nu, uzbek, russe, ewenki, de'ang, bao'an, yugu, jing, tatar, drung, oroqen, hezhe, menba, luoba et jino.

indice n° 42

6 Passe – Muraille

La Muraille de Chine serait la seule construction de l'homme que l'on peut percevoir depuis l'espace… Cette muraille, construite par les Chinois entre la Chine et la Mongolie, s'étend sur une longueur de 8 851,8 km dont 6 259,6 km de murs, 359,7 km de tranchées et 2 232,5 km de barrières naturelles, telles des montagnes ou des rivières. En moyenne, la Grande Muraille mesure 6 à 7 m de hauteur, et 4 à 5 m de largeur. Sachant que la densité moyenne de la Muraille est de 2,6 kg/L et sachant que la masse de la Terre est estimée à 5,9 736 × 1 024 kg, quelle était la masse de la Terre avant la construction de la Muraille ?

7 Inventions chinoises

Derrière ces charades se cachent quatre inventions que l'on doit à la Chine.

1) Si mon premier fait des bulles, mon second se foule et mon tout t'oriente…

2) Mon premier est unique, mon deuxième se paye, mon troisième se retourne vers moi, mon quatrième s'esclaffe et mon tout s'encre beaucoup.

3) Mon premier gratte la tête, mes deuxièmes peuvent nous mettre à mal quand ils sont beaux, mon troisième peut être d'école, mon quatrième nie et mon tout n'est rien sans feu.

4) Mon premier se fait grâce à mon second, tandis que mon tout se met souvent en feuille.

Côte

1 TSSS TSSS TSSS TSSS TSSS...

Résolvez chacune de ces énigmes en vous aidant de la grille… Vous trouverez un site et des villes incontournables de la région provençale.

- **a** Ils ne sont pas laids.
- **b** Pour la marche ou pour les marches, c'est souvent un jeu de jambes…
- **c** C'est sympa en anglais !
- **d** Sa couleur s'épanouit au soleil…
- **e** Elle sait garder la face, quoi qu'il arrive.

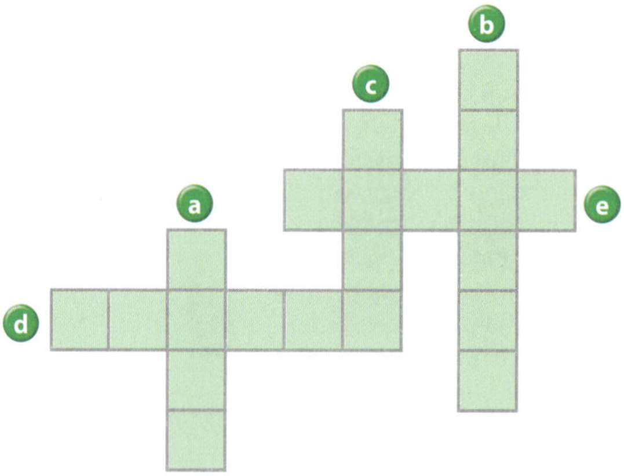

2 Le poids d'un âne...

Un homme emporte dans ses bagages un gros sac de lavande pour le rapporter à Paris.
L'hôtesse, dont la balance est en panne, l'arrête en lui demandant le poids de son sac, car les bagages ne doivent pas dépasser 30 kg.
Il marmonne et rétorque que son sac pèse seulement la moitié du poids du sac plus 20 kg, donc qu'il peut embarquer. L'hôtesse le laisse passer.
Pourquoi rit-il sous cape ?
À vos blocs-notes !

3 Méli-mélo melon

Quelque part, entre Cavaillon et Avignon, un petit marchand vend des melons sur le bord de la route. Juste en face, un concurrent vend également des melons. Pourtant, tous les deux ne cessent de vendre sans se faire la moindre concurrence. Pourquoi ?

d'Azur

4 Marseille-Monaco

Une femme, ses quatre enfants, son chien tenu en laisse et son chat dans les bras de son aînée, son dernier-né dans le dos et la poussette avec la cadette, embarquent dans le Train express régional qui va de Marseille à Monaco. Le train met 1 h 30. Arrivés dans la principauté, ils se promènent, mangent une glace, visitent le jardin exotique, puis repartent pour Marseille par le train du soir. Au retour, ils mettent 90 minutes pour rentrer à Marseille.
Comment expliquez-vous cela ?

....

5 Au pinceau...

Trouvez les lettres manquantes qui permettront de former :
- 7 mots à l'horizontale ;
- 2 noms d'artistes à la verticale (dans les deux colonnes vierges).

É	___	E	U	___	E
C	___	D	R	___	N
S	___	A	G	___	E
C	___	E	R	___	E
E	___	P	I	___	N
A	___	S	A	___	I
S	___	I	C	___	E

6 Pique-olives

Un descendant de Monsieur Seguin, traumatisé par la chèvre de son aïeul, s'est reconverti dans l'oléiculture. Il va planter 32 oliviers sur son terrain divisé en 8 parcelles. Pour récolter aisément les olives, il a décidé de répartir les oliviers de sorte que le total de chacune des lignes 1 et 2 et de chacune des colonnes A et B soit égal à 12 (voir ci-contre). À la livraison, le fournisseur lui offre 12 oliviers suplémentaires. Il en a donc 44 ! Mais il tient absolument à garder cette répartition, pour toujours avoir 12 oliviers sur chaque colonne et chaque ligne.

Comment peut-il faire ?

....

André Derain, © Adagp

7 Fauve qui peut

Ce tableau signé *André Derain* brosse le portrait d'un célèbre peintre du même courant fauviste qui, au même moment, a signé le portrait de son ami… André Derain ! À qui appartient donc le portrait ci-contre ?

....

Saurez-vous découvrir, avant la fin, le personnage mystérieux et célèbre dont il est ici question ?

Il devait être environ vingt heures ; nous étions le 25 août. Une lumière rose commençait à délaver la cour du bâtiment et les tables de la fête. Les verres jonchaient le sol. Le tumulte joyeux s'était affadi. Nous étions presque lassés de ces démonstrations de joie qu'on nous laissait exprimer librement, chaque année, à jour fixe, en l'honneur de notre roi, pour la Saint-Louis. De l'aube au coucher du soleil, nous avions droit à tous les débordements, nous, que le quotidien de la pension champenoise ligotait par ses principes, ses ordres et son devoir d'obéissance. Cette journée nous laissait ivres, fourbus, planant dans des vapeurs de bonheur encore inconnues.

Il avait boudé nos réjouissances.

Je ne l'avais pas vu de la journée. Je savais pourtant qu'il s'était réfugié dans son jardinet pour y lire.

Arrivé à la pension quelques mois après lui, je crois que j'étais l'un des rares à l'avoir autant observé. Il était mon voisin de dortoir. Plutôt maigre, presque chétif. Les cheveux noirs et le teint olivâtre. Seuls ses yeux, bleu sombre, l'entouraient de quelque chose d'autre. Comme une présence particulière, qui nous tenait en respect. Son accent aussi peut-être… Était-ce la conscience aiguë qu'ont les enfants de la différence ? Ou ai-je fantasmé tout cela avec les années ? La seule chose dont je suis certain, c'est que jamais je n'ai pu le voir les yeux clos.

Nos supérieurs et maîtres avaient permis à chacun d'entre nous, peut-être pour adoucir un peu l'éloignement de nos racines familiales, de cultiver un morceau de terre dans le jardin de la pension. Léo, lui, avait regardé longuement ce bout de sol qu'on lui avait attribué. Tête légèrement renversée en arrière, rehaussant son regard comme pour compenser sa petite taille, le jaugeant presque, il avait d'abord fait le tour de son carré, d'un pas lent et décidé, l'une des mains posée haut sur le ventre, à l'intérieur de sa vareuse.

On eût dit un métayer supervisant ses terres. Ensuite, il avait convaincu ses deux voisins de lui laisser leur part, moyennant l'argent que le comte lui envoyait. Puis, avec le peu qu'il lui restait, il avait édifié une palissade gigantesque, puzzle cloué d'anciennes tables des cuisines, rongées par les termites. Elles allaient devenir la forteresse qui le protégerait de nos regards.

Ensuite, il avait consacré de longues journées à bêcher, piocher, retourner la terre. En deux ans, il avait fait de ce lopin une véritable petite forêt où les arbres qu'il avait plantés lui accordaient un répit sauvage pour ses lectures. J'ignore quelles sortes de spécimens il avait pu enterrer là, mais je jure qu'en approchant de cette palissade exhalait une fragrance mystérieuse, feu d'artifice de parfums chauds, secs et grillés que je n'ai élucidé que trente ans plus tard, au hasard d'un voyage en Méditerranée.

La nuit était tombée en quelques minutes, comme elle sait le faire si vite les soirs d'été. Les joues étaient rouges, les genoux sales et souvent écorchés, les voix aiguës mais rauques. Certains couraient encore, jusqu'à l'étourdissement. D'autres somnolaient, adossés aux troncs des arbres. Mais nous tenions encore, comme des drapeaux fiers, les jambes molles et les yeux brillants. La journée n'était pas finie. Quelque chose encore… Quelque chose d'exceptionnel se préparait.

Nous avions attendu, mes camarades et moi, ce moment d'excitation suprême qui nous serait accordé. Et nous espérions encore, le cœur échauffé par cette journée de permissivité.

Argan de Sainte-Croix avait, grâce au privilège de sa quatorzième année, récupéré un amas de poudre suffisant pour faire un feu d'artifice ! Il nous avait conviés au spectacle à vingt heures trente. Le ciel rose était devenu encre, parcellé de lumières scintillantes qui semblaient nous faire des signaux quand on les observait.

Le jardin d'Argan était propre, plutôt sobre et couvert d'une petite pelouse rase. Dans ses extrémités, il avait planté des rosiers blancs qui, peut-être faute de soleil, ne dépassaient pas la hauteur de nos genoux. Les hautes futaies qui bordaient le terrain de Sainte-Croix lui portaient certainement un peu trop ombrage. Nous étions dix-sept, jeunes, fringants et impatients, à faire cercle autour du monticule de poudre noire. Argan, fièrement, se redressa puis nous fit un discours de bienvenue et de remerciement. Ensuite, il nous demanda de reculer de trois pas en arrière, et de fermer les yeux un instant pour nous recueillir.

Le calme régnait. À ce moment, un léger crépitement commença à gagner le silence, grignotant chaque seconde davantage la paix religieuse de la nuit. J'ouvris les yeux. Mon esprit, certainement anesthésié par les agapes de la journée, ne comprit pas ce qui se passait : je vis du rouge, du jaune, des pierres, une chaussure qui volait, des lunettes, une pluie de cailloux… Puis je sortis de ma torpeur : c'était l'incendie ! Les explosions martelaient ma poitrine comme des enclumes. Les uns hurlaient avec des cris de cochons qu'on égorge, les autres, hagards, promenaient des yeux ronds et vides éclairés par la lueur des flammes. L'un était projeté à terre, l'autre traînait une jambe foulée, l'autre encore se tenait la tête en hurlant… On eût dit un tremblement de terre : des flammes, des projections de pierres et des hurlements.

C'est alors que je le vis. Il était là, debout, devant ces arbres hauts. Son visage éclairé par les flammes était orangé, mais ses yeux brillaient d'une fureur métallique, comme deux lames de couteau sombres. Je devinai des jurons, dans une langue que je reconnus comme de l'italien. Dans ses mains, il tenait une pioche et repoussait avec la force que mes camarades n'avaient plus les blessés, hagards, vers les flammes.

Mes camarades avaient eu le malheur de vouloir fuir en passant par son jardin. Nous l'avions dérangé dans sa paisible retraite. L'odeur de la poudre et le bruit des explosions avaient déclenché chez lui une violence qui avait pris les commandes.

Il semblait animé par le feu, guidé par son crépitement. Je ne sais si c'est lui qui guidait les flammes ou si ce sont elles qui lui dictaient leurs ordres.

Le lendemain, on nous informa que notre camarade… passerait la semaine à l'infirmerie.

Heureux qui comme Ulysse... p. 4

Les énigmes de Pompon et Pompette

Κωνσταντίνος = Konstantinos ; Πέτρος = Petros ; Άννα = Anna ; Ειρήνη = Eirini ; Αβραάμ = Abraam ; Ελένη = Eleni ; Αντώνιος = Antonios.

En repérant les correspondances des lettres, on trouve que le nom du jeune Grec est Emmanouil.

1 Tchin !

10 dieux seulement sont là. Il en manque 3 puisqu'on ne compte pas Zeus.

En effet : le 1er trinque avec tous les autres, mais le 2e avec les autres moins le 1er, le 3e avec les autres moins deux, et ainsi de suite.

Soit le 1er trinque 9 fois, le 2e 8 fois, le 3e 7 fois, etc.

$9 + 8 + 7 + 6 + 5 + 4 + 3 + 2 + 1 = 45$.

2 Histoire vraie

Cette célèbre montagne n'est autre que le mont Olympe, qui passait, dans l'Antiquité, pour être la demeure des dieux, soustraits au regard des mortels par un manteau de nuages…

3 Char à deux

Piranha (lettre π / rat / « na ! »).

4 L'inconnue de Pâris

Il s'agit d'Hélène de Troie, ayant inspiré l'opéra de Jacques Offenbach, la chanson « Les Sabots d'Hélène » de Georges Brassens, et ayant initié, par l'amour qu'elle inspirait au Troyen Pâris, la guerre de Troie.

5 Mon œil…

Le cyclope et le cyclone, dont l'œil unique sème la panique où qu'il passe.

6 Qui suis-je ?

Ariane (le fil d'Ariane ; la fusée Ariane).

7 Dingbat

Il faut déchiffrer : « Il était sûr de lui et de ses ailes » (« Il » et « T » sur 2 « Lui » et 2 « 16 L »). Il s'agit d'Icare qui, en s'approchant trop du Soleil, s'est brûlé les ailes – dont la cire a fondu.

8 De la suite dans les idées

La lettre suivante est : N (un, deux, trois, quatre, cinq, six, sept, huit, **n**euf).

9 Énigme du Sphinx

Il s'agit de l'homme (à quatre pattes quand il est bébé, sur deux pattes quand il est adulte, sur trois pattes, s'aidant d'une canne, quand il est plus âgé).

10 Marathon

Aucun, car les deux personnages sont situés à la même distance de la maison !

Au fil du Nil p. 6

Les énigmes de Pompon et Pompette

Il est né le 31 décembre, nous sommes le 1er janvier. Il avait donc 79 ans le 30 décembre, 80 ans le 31. Il aura 81 ans le 31 décembre de cette année et 82 l'an prochain…

1 Suivez les flèches

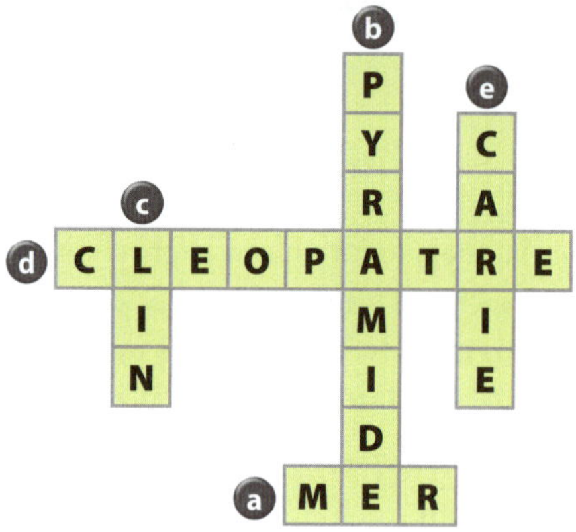

Explications :

c J'ai beau être une belle plante, lorsqu'on me retourne, je coule à flots… : le mot « lin » renversé donne le mot « Nil ».

e Je peux faire souffrir près du palais, mais si l'on renverse mon air, je me fais capitale : la carie fait souffrir près du palais dans la bouche, et si on déplace le « R » du mot, il devient « caire », Le Caire étant la capitale de l'Égypte.

2 Charade

Toutankhamon (tout / encas / mon).

3 Il ne faut pas jeter l'argent par les fenêtres !

Si elle avait été gravée avant J.-C., elle ne pourrait en comporter la mention puisqu'on ne connaissait pas Jésus-Christ. Il s'agit donc d'une fausse pièce.

4 Histoire vraie

Eh non ! Pas d'énigme policière ici ! Les chambres du tombeau étaient tout simplement recouvertes d'un champignon toxique.

5 Boîte d'amulettes

IV : 4 est le carré de 2 ; ou IX : 9 est le carré de 3 !!!

6 Histoire de famille…

Votre nationalité est franco-égyptienne ! Le « beau-frère du frère de votre mère » n'est autre que votre père !

7 Aïe aïe aïe !

Il a vendu plus de bibelots il y a deux ans. Attention ! Ces variations ne s'annulent pas mais sont proportionnelles au nombre de ventes de départ.

Ex. : il a vendu 100 bibelots il y a deux ans. L'an dernier, il en a vendu 100 + 50 % = 150.

Cette année, les ventes ont baissé de 50 % de 150, soit de 75. Il a donc vendu 150 – 75 = 75 bibelots.

8 L'énigme demeure entière…

On reconnaît Michael Jackson, non ? Pour l'anecdote, depuis sa mort, ses fans se précipitent au musée, afin de voir la fameuse statue.

9 Roman-fleuve…

« Entre le tigre et l'œuf raté », soit : la Mésopotamie est entre deux fleuves, le Tigre et l'Euphrate.

Viva Italia p. 8

Les énigmes de Pompon et Pompette
Le troisième restaurateur, qui a une foule de clients, a écrit :
« Qui si mangia la migliore pizza della via.* »
** Ici, on mange la meilleure pizza de la rue.*

1 La nuit, tous les chats sont…
Il fait jour !

2 Avis de recherche
La sicilienne est une pizza, la romaine une salade, la génoise un gâteau, le florentin une friandise composée de fruits secs et de chocolat, et le napolitain une pâtisserie.

3 Drôle de breuvage
La proportion de vin dans ces pots est de 1/3. En effet :
La première bouteille est remplie à moitié. Soit x cette contenance. On a donc x la quantité de vin et x la quantité d'eau ajoutée par le serveur.
Dans la seconde bouteille, il y a également une quantité x de vin puisqu'elle est remplie au quart et qu'elle est deux fois plus grande. Le serveur ajoute $3x$ d'eau pour la remplir entièrement.
Dans le grand récipient, il y a donc $2x$ de vin et $4x$ d'eau, soit deux fois plus d'eau que de vin. Cette proportion demeure quand le serveur verse le contenu du grand récipient dans les deux pots. S'il y a deux fois plus d'eau que de vin, c'est qu'il y a un tiers de vin et 2/3 d'eau.

4 *Quezaco ?*
ABRUZZES – BASILICATE – CALABRE – CAMPANIE – FRIOUL – LATIUM – LIGURIE – LOMBARDIE – PIÉMONT – POUILLES – SARDAIGNE – SICILE –TOSCANE – OMBRIE – AOSTE – VÉNÉTIE
Ce sont les régions d'Italie.

5 Histoire vraie
Les négociants avaient mis du porc sur les reliques. C'est ce que les douaniers, musulmans, ont crié avec horreur en ouvrant la caisse.
Pour l'histoire, en 1968, le pape Paul VI a rendu les reliques de saint Marc qui furent déposées dans la nouvelle cathédrale Saint-Marc du Caire.

6 Intégramme à l'italienne
C'est le Florentin qui a pêché le rouget.
Cette énigme, que l'on attribue sans aucune preuve à Albert Einstein – « l'énigme du poisson rouge » –, était à l'origine libellée ainsi :
- Le Norvégien habite la première maison.
- L'Anglais habite la maison rouge.
- La maison verte est située à gauche de la maison blanche.
- Le Danois boit du thé.
- La personne qui fume des Rothmans habite à côté de celle qui élève les chats.
- La personne qui habite la maison jaune fume des Dunhill.
- L'Allemand fume des Marlboro.
- La personne qui habite la maison du milieu boit du lait.
- La personne qui fume des Rothmans a un voisin qui boit de l'eau.
- La personne qui fume des Pall Mall élève des oiseaux.
- Le Suédois élève des chiens.
- Le Norvégien habite à côté de la maison bleue.
- La personne qui élève des chevaux habite à côté de la maison jaune.
- La personne qui fume des Philipp Morris boit de la bière.
- Dans la maison verte, on boit du café.

Einstein aurait dit que 98 % de la population ne saurait la résoudre…

7 Peintre mystère
Il s'agit de Claude Monet.
Le palais Ca'Dario, l'un des plus beaux *palazzi* de Venise, sur le Grand Canal, menace de s'effondrer… On raconte aussi que ses multiples propriétaires ont tous fini leurs jours de manière dramatique et prématurée. Entre autres, Giovanni Dario a fini ruiné ; l'historien Rawdon Brown s'est donné la mort face à ses tableaux ; Kit Lambert, le manager des Who, s'est perdu dans la drogue ; Raoul Gardini, l'éminent homme d'affaires italien qui s'est suicidé en 1993, était propriétaire du Ca'Dario…
Le Palais Dario (Claude Monet), huile sur toile, 92 × 73 cm, 1908 (W 1759), National Museum of Wales, Cardiff.

Au Soleil Levant p. 10

Les énigmes de Pompon et Pompette
Son ami est chauve…

1 Parlez-vous japonais ?

c Le No est un théâtre de masques.

2 Ki e koi ?
Il s'agit de l'ombre.

3 Histoire vraie
Les témoins sont des chiens ! Au Japon, dans un hôtel de Yokohama, le *Kokusai*, se déroulent des cérémonies nuptiales en présence de chiens. Les chiens sont dressés par un entraîneur, qui lui aussi assiste au mariage. Le comble ? Les chiens signent en posant leur patte sur le contrat de mariage.

4 Mathématique !
Si l'on prend $y = -x$ ou l'inverse, alors l'équation est vérifiée.
Ex. : $3 \neq -3$
et $(-3)^2 = 3^2$

5 Charade
Il s'agit du *fugu* (fou/goût). Le *fugu*, ou poisson-lune, ou encore poisson-globe – ainsi nommé en raison de la forme qu'il prend lorsqu'il se sent menacé –, est très apprécié des gastronomes. Il se déguste en *sashimi* si l'on a pris soin de le découper suivant des règles très précises car son foie, ses ovaires et ses intestins libèrent une neurotoxine nommée « tetrodotoxine » qui paralyse le système nerveux et respiratoire de celui qui l'ingère. Pour les amateurs de *fugu*, évidemment, c'est tout l'intérêt…

6 Six sushis sans sachet…
Il a empilé les assiettes les unes dans les autres et mis les 6 *sushis* dans la plus petite, ou il a fait 2 piles de 2 assiettes et a placé 2 *sushis* dans l'une et 4 dans l'autre.

7 Un Futoshiki ?

4 < 7 | 2 > 1 | 5 < 6 | 3 < 8
5 | 4 | 6 < 8 | 3 | 7 | 2 > 1
(V entre 6 et 5, 3e colonne)
1 | 8 | 5 | 2 | 4 > 3 < 6 < 7
3 | 1 | 7 > 5 | 8 | 2 < 4 | 6
2 | 6 | 4 | 7 | 1 | 8 | 5 | 3
(V entre 7 et 4, 4e colonne)
6 | 3 | 8 | 4 | 2 > 1 | 7 | 5
(Λ entre 6 et 7, 1re colonne)
7 | 2 | 1 | 3 < 6 > 5 | 8 > 4
(Λ entre 2 et 5, 2e colonne)
8 | 5 | 3 < 6 | 7 | 4 | 1 | 2

En japonais, futoshiki veut dire « non égal ». Ce jeu rencontre un grand succès au Japon depuis quelques années.

Île de Beauté p. 12

Les énigmes de Pompon et Pompette
Il n'y a que trois personnes : un père, son fils et le fils de ce dernier !

1 Histoire à devenir chèvre (1)
Dumè dit que 4 ne sont pas noires. Il en a au moins 4 + 1 noire = 5. On connaît donc le nombre de chèvres marron ou blanches (4). Reste à trouver si Dumè a une chèvre noire, ou plus.
Le deuxième homme dit que toutes sont blanches sauf 3. Il y a donc exactement 3 chèvres qui ne sont pas blanches, dont une au moins que l'on sait être noire.
Le troisième homme dit que toutes sont marron sauf 3. Il y a donc exactement 3 chèvres qui ne sont pas marron, dont une au moins qui est noire.
Or pour que l'on puisse dire qu'elles sont « toutes blanches sauf 3 », qu'elles sont « toutes marron sauf 3 » et que « 4 ne sont pas noires », il faut qu'il y ait 2 chèvres blanches, 2 chèvres marron et 1 chèvre noire.
Dumè a donc égaré 5 chèvres.

2 Histoire à devenir chèvre (2)
Il faut placer les enclos ainsi :

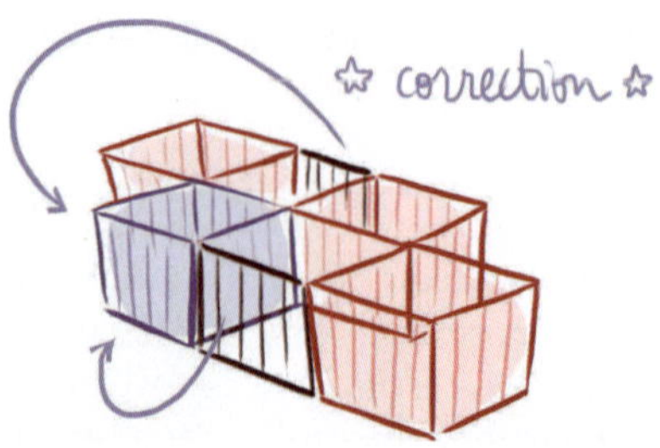

3 Les randonneurs
S'ils allument immédiatement un feu devant eux, le feu va se propager rapidement vers l'est, poussé par le vent d'ouest. Ils marcheront ensuite sur la terre brûlée. Le feu qui vient derrière, venant d'ouest, ne trouvera rien à brûler et cessera donc de progresser.

4 Mots corsés

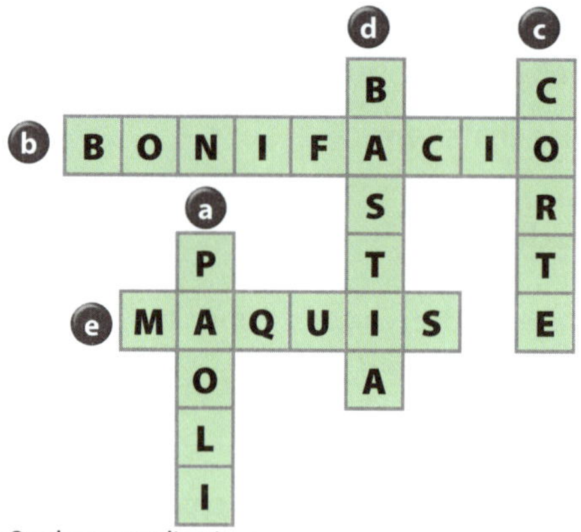

Quelques explications :
a Pascal Paoli, autrement nommé « Le Père de la patrie et de la nation corse ». Héros du pays, grand esprit du siècle des Lumières, il a gouverné la Corse et lui a donné sa première Constitution. Il est élu général en chef en 1755, et la Corse devient indépendante à partir de 1761 – jusqu'en 1768, date du traité de Versailles.
b Ce sont les bouches de Bonifacio.
d *Bastia*, sans le « i » donne *basta*, qui signifie « assez », en corse et en italien (le corse est dérivé du vieux toscan).
e Le *maki* japonais (rouleau de riz enrobé d'algues contenant un morceau de poisson cru) cache souvent un morceau de poisson.

5 Énigme vraie
Implantées en des points stratégiques, les tours se trouvaient en vue l'une de l'autre, de sorte qu'en y allumant un feu chaque tour signalait à ses voisines toute présence suspecte, l'alerte étant ainsi rapidement relayée de tour en tour par les valeureux *torregiani*.

6 *Salute !*
Puisque la cuillère a la même contenance, il y a exactement la même quantité d'eau dans le pastis que de pastis dans l'eau. On peut toutefois penser à première vue qu'Antoine a donné à Dumè une cuillère de pastis pur tandis que Dumè a rendu à Antoine une cuiller de pastis à l'eau.
Mais le verre d'Antoine n'est plus plein après avoir vidé sa cuillère dans celui de Dumè.
Penchons-nous sur les proportions. Soit x le volume de la cuillère, et soit y le volume de chacun des verres.
1re étape : Antoine a versé une cuillère (x) dans le verre (y) de Dumè. À cette étape, dans le verre de Dumè, la proportion de pastis est de $x/(x+y)$. Soit, si la cuillère représente 2 cL, on a 2/17 cL de pastis dans le verre.
Le pourcentage d'eau est $y/(x+y)$. Il y a à ce stade 15/17cL d'eau dans le verre de Dumè.
2e étape : Dumè verse une cuillère dans le verre d'Antoine, cette cuillère présentant une proportion de 15/17cL d'eau et de 2/17cL de pastis.

Il suffit maintenant de calculer le pourcentage d'eau dans le verre d'Antoine. Pour cela, on multiplie le pourcentage d'eau obtenu dans le verre de Dumè par (x) le volume de la cuillère, que l'on divise par le volume du verre (y). On trouve alors :
$x(y/(x+y))/y=x/(x+y)$
Soit une proportion de 2/17 cL d'eau dans le verre d'Antoine…

C'est-à-dire le même pourcentage d'eau dans la tasse d'Antoine que de pastis dans celle de Dumè.
En réalité, quels que soient les volumes de départ des verres et de la cuillère, on a toujours ce résultat.

7 Dans le bain!
Seulement vous puisque vous les avez croisés! Ils en reviennent donc!

8 Charade
Mon premier marque régulièrement la mesure : scande.
Mon deuxième cerne l'île : eau.
Mon troisième est donné en début de concert, mais marque la fatigue : la (note de musique) ou las (de *lassitude*).
Mon tout est une réserve marine classée par l'UNESCO : Scandola (réserve naturelle maritime).

Énigmes en fiction p. 14

1 Montez le décor…
C'est la maison de *Psychose*, le film d'Alfred Hitchcock.

2 Héros en séries
Simon templar (a) : *Le Saint*; Patrick Jane (b) : *Le Mentalist*; inspecteur Juve (c) : *Fantômas*; Jack Malone (d) : *FBI-Portés disparus*.

3 Polars d'un soir
a) *Dix petits nègres*
b) *Mort sur le Nil*
c) *Le Crime de l'Orient-Express*

4 Bas les masques!
a) Michael Connelly
b) Maurice Leblanc
c) Georges Simenon
d) Fred Vargas

5 Sens dessus dessous
a) Auteur : Patricia Highsmith; acteur : Jude Law.
b) Auteur : Fred Vargas; acteur : José Garcia.
c) Auteur : Agatha Christie; acteur : André Dussollier.
d) Auteurs : Boileau et Narcejac; acteur : James Stewart.
e) Auteur : Sébastien Japrisot; acteur : Alain Souchon.

J'ai deux amours… mon pays et Paris p. 16

Les énigmes de Pompon et Pompette
Le premier personnage a raison : il a bien joué 7 parties avec son amie. Mais ils n'ont pas joué l'un contre l'autre. C'est pourquoi ils ont pu remporter chacun de leur côté 5 et 4 parties en en ayant joué 7.

1 À carreaux

2 Par monts et par vaux

3 L'amoureuse de Paris
La statue se trouve au jardin du Luxembourg!
Ce sont les chaises emblématiques du jardin qui permettent de trouver la réponse. Créées dans les années 1920 et fabriquées par les ateliers de la Ville de Paris, ces chaises estampillées « Sénat » sont en fer, peintes en vert, et déclinées également en version fauteuil. Payantes autrefois, elles sont désormais gratuites dans le jardin. Elles connaissent un tel succès qu'elles sont copiées par le fabricant Fermob pour les particuliers. Le vrai fauteuil et la chaise, quant à eux, se trouvent désormais également au jardin des Tuileries et, depuis 2010, à l'Université d'Harvard, aux États-Unis.

4 Énigme vraie
On retrouva, en 1984, un crocodile du Nil dans les égouts de Paris. Son propriétaire, le voyant grandir à vue d'œil, avait dû regretter de l'avoir ramené d'Égypte. Les autres rumeurs qui courent sur des reptiles ne sont pas vérifiées.

5 Pâtisseries parisiennes
Les pâtisseries sont le paris-brest; le mille-feuilles; l'opéra; le saint-honoré.
Ce matin, Irène a pris le train pour la Bretagne, en gare Montparnasse (le train Paris-Brest). Je l'ai aidée à porter ses bagages car elle a emporté un dictionnaire de plusieurs dizaines de centaines de pages (mille feuilles). Je la retrouve demain soir à Garnier (l'Opéra) et l'emmènerai dîner dans un restaurant de cette rue qui est derrière la rue de Rivoli et dont j'ai oublié le nom du saint (rue Saint-Honoré).

6 Superstition
Le n° 13 de la rue Saint-Honoré n'existe pas. Pour l'histoire, c'est l'impératrice Eugénie qui, par superstition, l'a fait supprimer.

7 Pin-pon
Le chirurgien est une femme, c'est la mère du garçon!

¡Olé! p. 18

Les énigmes de Pompon et Pompette

1 *Toros y toreros*

Julio a tué entre 1 et 9 taureaux. La seule affirmation qui peut être vraie sans les autres est celle de Don José.

En effet, si Julio a tué plus de 10 taureaux, alors il en a tué au moins 10 et donc au moins 1 : trois des affirmations seront vraies.

S'il en a tué au moins 10, il en a forcément tué au moins 1 : deux des affirmations sont vraies.

Enfin, si Julio a tué au moins 1 taureau, alors il n'en a pas forcément tué au moins 10, ni plus de 10. C'est la seule possibilité pour qu'une seule des affirmations soit vraie.

Et dans ce cas, il a tué entre 1 et 9 taureaux.

2 L'illusionniste

C'est le président Abraham Lincoln. Il faut se reculer ou plisser les yeux pour le percevoir.

Le tableau s'intitule : *Gala regardant la mer Méditerranée qui à vingt mètres se transforme en portrait d'Abraham Lincoln (Hommage à Rothko).*

3 Tortillons, tortillez, tortilla !

Il faut d'abord couper la tortilla en quatre (deux coups de couteau) puis trancher une seule fois dans le sens de l'épaisseur.

4 La vache ! (1)

Don Miguel en a 7 et Don Pedro 5.

Si m = le nombre de vaches de Don Miguel et p celui de Don Pedro, on a l'équation :

$m + 1 = 2(p - 1) = 2p - 2$ (puisque Don Miguel, avec une vache de plus – achetée –, en aurait deux fois plus que Don Pedro avec une vache de moins – vendue) et $p + 1 = m - 1$(puisque Don Pedro, avec une vache de plus, en aurait autant que Don Miguel avec une vache de moins).

Donc :

$m = p + 2$ et :

$p + 3 = 2p - 2$. D'où :

$p = 5$ et :

$m = 5 + 2 = 7$.

5 La vache ! (2)

Les vaches s'appellent :

vache 1 : Pepita – vache 2 : Palmito – vache 3 : Toto – vache 4 : Bianca – vache 5 : Sangria – vache 6 : Palmita.

6 Qui suis-je ?

Les jardins de l'Alhambra.

Dans « à l'envers » ou dans « à l'endroit », on remplace le « vers » par le « droit » et le « droit » par le « vers ». De la même façon, on remplace « droit » ou « vers » par « bras » et on obtient « à l'en bras » : Alhambra.

Les jardins de l'Alhambra sont de luxuriants jardins situés à Grenade, en Espagne. Ils entourent l'ensemble des palais du même nom.

7 *! Salud !*

Il suffit qu'il verse le contenu du deuxième verre dans le cinquième et qu'il remette ensuite le verre à sa place !

8 Ça craque…

Ana va d'abord passer avec Juanita qu'elle va laisser de l'autre côté. Puis elle va repartir chercher le chien et le ramener de l'autre côté. Il sera alors avec Juanita.

Ensuite, elle va aller chercher Pedro. Mais elle va le laisser embarquer seul. Une fois de l'autre côté, Pedro va donner la barque à Juanita, qui retournera alors chercher Ana.

Splendeurs d'antan p. 20

Les énigmes de Pompon et Pompette

Les deux gardiens sont seulement passionnés d'échecs.

1 Très chair

Si l'on ne lit que le premier mot de chaque vers, on comprend : « Quand voulez-vous que je couche avec vous ? »

et la réponse : « Cette nuit ».

2 Qui suis-je ?

Si l'on passe la fin de cette phrase à la troisième personne du singulier, cela devient plus clair : il n'est pas ce qu'il suit, car s'il était ce qu'il suit, il ne serait pas ce qu'il est.

C'est donc le valet qui suit son maître sans être son maître ; sans quoi il ne serait pas valet… et qui peut être de pique, de carreau ou de cœur dans un jeu de cartes.

3 La vie de château

Il s'agit de la bavaroise au café (bavard/oiseau/café).

4 Tour à tour

Il devra demander à l'un des gardes : « Quel est l'escalier que m'indiquera l'autre garde comme étant l'escalier menant à la liberté ? »

Le garde qui ment lui indiquera l'escalier menant en enfer, puisqu'il détournera la réponse du garde honnête. Le garde qui dit la vérité lui indiquera également l'escalier qui mène à la mort puisqu'il prendra en considération le fait que l'autre garde ment…

5 Y a pas photo !

C'est bien le château de Neuschwanstein (2) en Allemagne qui a inspiré Walt Disney.

6 Chat rat 2

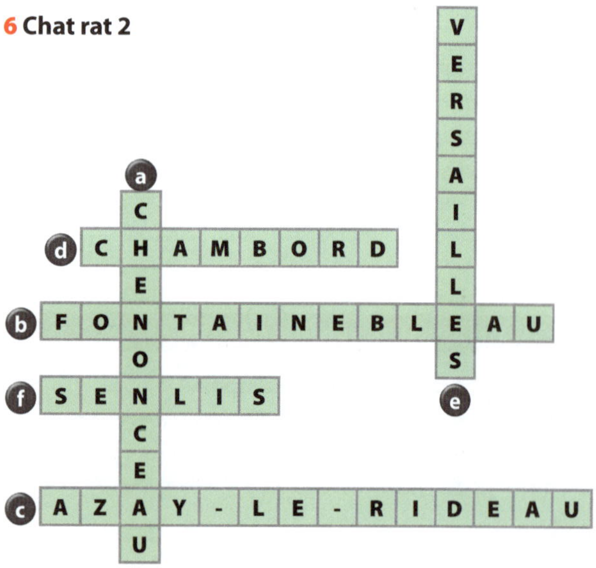

« Château » (chat, tôt) se trouve dans toutes les réponses.

a Le tout est CHENONCEAU.

Mon premier ne plie pas : CHÊNE ; mon deuxième s'entend deux fois dans les premiers mots de cette phrase : ON ; mon troisième est celui qui ne trouve pas mon tout : SOT.

b Le tout est FONTAINEBLEAU.

Mon premier donne mon troisième : FONTAINE ; mon deuxième ouvre *boisson* : B ; mon troisième coule de mon premier : L'EAU.

c Le tout est AZAY-LE-RIDEAU.
Mon premier ouvre les lettres : A ; mon deuxième n'est qu'assiduité : ZÈLE ; mon troisième fera de l'ombre en mon tout : RIDEAU.

d Le tout est CHAMBORD.
Mon premier se coupe souvent à travers : CHAMP ; mon second est sur les côtés : BORD.

e Mon tout est VERSAILLES.
Mon premier te montre le sens : VERS ; mon second sort : SAILLE.

f Mon tout est SENLIS.
Quand ils sont royaux, mon premier est bleu : SANG BLEU et mon second est blanc : LYS ROYAL BLANC. Quand ils ne le sont pas, mon premier sera rouge (sang) et mon second orange (lys martagon).

Désertique p. 22

Les énigmes de Pompon et Pompette

L'homme s'est perdu dans le désert Glacial Arctique !

1 Il fait soif

Malheureusement, cela ne changera rien : vous avez tout autant de risque quelle que soit la position dans le jeu. Dans tous les cas, vous avez 1 chance sur 5 de boire le soda.
Vous jouez en premier : vous avez 1 chance sur 5.
Vous jouez en deuxième : le premier a 1 chance sur 5. Vous avez alors une probabilité de 4/5 de pouvoir jouer. Pour le jeu vous aurez 1 chance sur 4 (une canette est ôtée). Soit : $4/5 \times 1/4 = 1/5$ chance.
Vous jouez en dernier :
$4/5 \times 3/4 \times 1/3 = 1$ chance sur 5.

2 Totalement à l'ouest

C'est très simple : il doit faire $100 + 89 = 189$ pas vers le nord puis $65 + 50$ vers le sud $= 115$ pas vers le sud. Ensuite : 16 pas vers l'est puisque le Soleil se lève face à lui. Il a ensuite marché à nouveau vers le sud puisqu'il a tourné d'un quart sur sa droite. Il a fait en tout :
$115 + 70 = 185$ pas vers le sud ;
$16 + 49 = 65$ pas à l'est comme à l'ouest.
Il n'est donc qu'à 4 pas de son point de départ !
Pour cette raison, il sait qu'on lui a volé sa voiture.

3 Bivouac

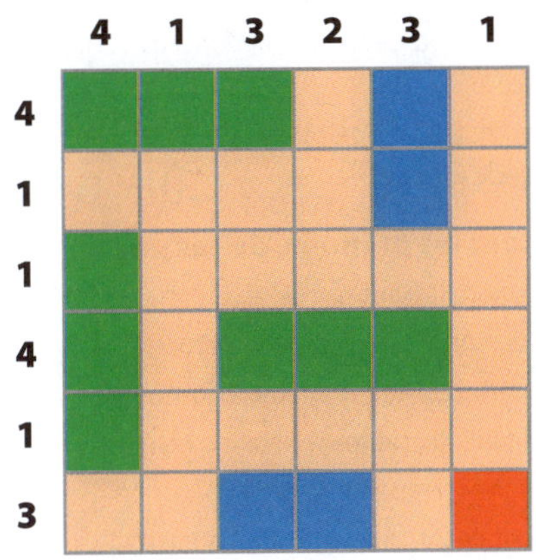

4 Énigme célèbre

L'astuce consiste à faire des étapes. Mais comment les situer sur le parcours entre les deux villes ?

Pour transporter 3 000 bananes, le commerçant doit charger 3 fois son chameau (trois chargements de 1 000 bananes chacun). Le chameau devrait donc faire 2 allers-retours et un aller, soit 5 trajets. Étant donné que le chameau consomme 1 banane par kilomètre parcouru, sa consommation moyenne est de 5 bananes par kilomètre jusqu'à ce qu'il ait mangé 1 000 bananes (en comptant les allers-retours pour véritablement avoir avancé toutes les bananes d'1 km). En effet, une fois les 1 000 bananes mangées par le chameau pour avancer dans le désert, il n'y a plus besoin que d'un aller-retour et un aller pour transporter les 2 000 bananes restantes. Entre 2 000 et 1 000 bananes, la consommation du chameau est de 3 bananes par kilomètre. Pour les 1 000 bananes restantes, la consommation du chameau n'est plus que d'1 banane par kilomètre puisqu'un seul trajet suffit pour les transporter.

Il faut donc faire deux étapes :

– Dans la première phase, le chameau consomme 5 bananes par kilomètre. Avec 1 000 bananes, on peut ainsi parcourir 200 km.
La première étape se situe alors à 200 km de la ville de départ.
Le commerçant charge le chameau de 1 000 bananes, parcourt 200 km avec sa monture, décharge 600 bananes et utilise les 200 bananes restantes pour rentrer à la ville de départ. Il réitère l'opération. On a donc 1 200 bananes stockées à la première étape et 800 bananes consommées lorsque le commerçant quitte pour la 3e fois la ville de départ avec les 1 000 dernières bananes. Il parvient à la première étape en ayant consommé 200 nouvelles bananes.
Au total, quand toutes les bananes sont transportées à la première étape, il reste seulement 2 000 des 3 000 bananes : 1 200 bananes transportées lors des deux premiers voyages et 800 bananes restantes du dernier trajet.

– On a vu qu'à partir de 2 000 bananes, le chameau ne consomme plus que 3 bananes par kilomètre. Avec 1 000 bananes, le chameau peut désormais parcourir 1 000 / 3 ; soit 333,33 km.
La deuxième étape se situe ainsi à 200 + 333,33 km, soit 533,33 km.
Le commerçant charge son chameau de 1 000 bananes, parcourt les 333,33 km entre l'étape 1 et l'étape 2. Il dépose 333,33 bananes et utilise les 333,33 restantes pour le trajet de retour. Il ne reste plus qu'à transporter les 1 000 bananes restant à la première étape. Le chameau en consommera une nouvelle fois 333,33 jusqu'à l'étape 2. À la deuxième étape, il reste au commerçant les 333,33 bananes apportées par le premier aller-retour et les 666,67 encore chargées sur le dos du camélidé, soit 1 000 bananes.

Il reste alors 466,67 km à parcourir et uniquement 1 000 bananes à transporter. Un seul trajet suffit. Le commerçant arrivera donc avec 533,33 bananes pour y vendre sa marchandise, qui aura sans doute un peu trop pris le soleil dans le désert… La prochaine fois, il optera sans doute pour des dattes !

Cette énigme célèbre – dans le texte d'origine, le chameau transporte des pommes du Caire à Damas –, est fréquemment attribuée à Einstein, du fait de sa difficulté. Elle ne donne, dans son texte initial, aucun indice concernant la première halte.

Toute l'astuce consiste à utiliser des dépôts intermédiaires et à bien choisir leurs positions, mais cette éventualité n'est pas obligatoirement énoncée dans le texte.

5 Énigme vraie
C'est le désert de Simpson (et la série télévisée *Les Simpson*).
Le nom du désert vient d'Allen Simpson, géographe australien.

6 Jeu de mirages
Les déserts de Gobi et de Patagonie sont inversés.

À l'eau ! p. 24

Les énigmes de Pompon et Pompette
Il a peut-être la baraka… mais peut-être qu'il ruse ! Le gagnant, celui qui remportera le 17e et dernier coquillage, est en effet celui qui prend le 13e coquillage – soit seul, soit avec le 12e, soit avec le 11e et le 12e. Que son partenaire en prenne ensuite 1, 2 ou 3, le dernier lui reviendra nécessairement.
Pour être certain d'avoir le 13e coquillage, il devra prendre également le 5e coquillage et le 9e.
Si les joueurs sont tous deux au courant du subterfuge, celui qui gagne est celui qui a joué le premier.

1 Quand la marée s'emmêle
Le Zodiac restera à la même place et ne sera pas mouillé davantage puisque le bateau monte avec la mer !

2 Qui est-ce ?
Il s'agit de la lettre « t ».

3 Prémonition…
Parce qu'un veilleur de nuit est payé pour ne pas dormir !

4 Quelque chose qui cloche
Parce que la mer Adriatique est en Méditerranée !

5 Charade
C'est le hanneton (âne / thon).

6 Énigme tristement vraie
Les passagers ont tous sauté du bateau pour prendre un bain sans mettre l'échelle. Ils sont morts d'épuisement…

7 Bateau, sur l'eau

8 Énigme historique
Aux débuts de l'histoire de la marine, les marins ne disposaient pas d'instruments de mesure pour calculer distances et vitesses. Ils eurent alors l'idée d'attacher à la poupe – arrière du bateau – une corde pourvue de nœuds à intervalles réguliers, tous les cinquante pieds. Lorsque le bateau était à l'arrêt, la corde tombait à la verticale, sous l'eau. Mais lorsque le bateau naviguait, la corde était traînée, à l'arrière, et plus la vitesse était grande, plus elle remontait, plus les nœuds étaient nombreux à être en surface ! Plus on comptait de nœuds, plus on allait vite.

9 Avez-vous le pied marin ?

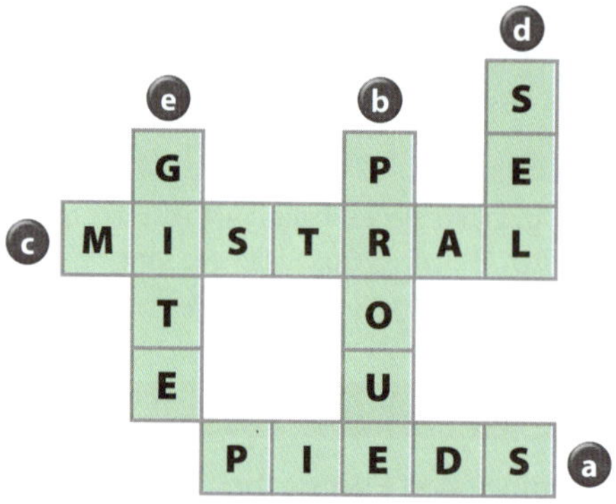

Énigmes en fiction p. 26

1 Titres à trou
a) *La Nuit du chasseur*, de Charles Laughton.
b) *Le Crime était presque parfait*, d'Alfred Hitchcock.
c) *La Dame de Shanghai*, d'Orson Welles.
d) *Ça commence à Vera Cruz*, de Don Siegel.
e) *Le Troisième Homme*, de Carol Reed.
f) *L'Inconnu du Nord-Express*, d'Alfred Hitchcock.
g) *Le Grand Sommeil*, d'Howard Hawks.
h) *La Dame du lac*, de Robert Montgomery.
i) *Le Faucon maltais*, de John Huston.

2 À fond la caisse
La première voiture (jaune) est celle de Lord Brett Sinclair (2) ; la deuxième voiture (rouge) est celle de Starsky (1) ; la troisième voiture est celle de Michael Knight (4) et la dernière est celle de l'inspecteur Columbo.

3 Légitime défenseur
Miss Marple, Rouletabille et Watson sont des amateurs.

4 Le haut de la vague…
À bout de souffle ; *Pierrot le Fou* ; *Bande à part* sont des films de Jean-Luc Godard.
Le Tigre se parfume à la dynamite et *Que la bête meure !* sont des films de Claude Chabrol.

5 Quels sont les prénoms de ces policiers ?
1) Guido Brunetti (a) ; auteur : Donna Leon.
2) Antoine San Antonio (b) ; auteur : Frédéric Dard.
3) Kay Scarpetta (b) ; auteur : Patricia Cornwell.
4) Kurt Wallander (b) ; auteur : Henning Mankell.
5) Jules Maigret (c) ; auteur : Georges Simenon.
6) Fabio Montale (b) ; auteur : Jean-Claude Izzo.

Kiss from the USA p. 28

Les énigmes de Pompon et Pompette

La femme habite bien dans une tour de 54 étages. Mais elle habite au rez-de-chaussée…

1 Cryptarythme célèbre

C'est l'exemple le plus connu de cryptarythme, publié en juillet 1924 dans *Strand Magazine*. Son auteur est Henry Dudeney.

SEND + MORE = MONEY.

La solution est O = 0, M = 1, Y = 2, E = 5, N = 6, D = 7, R = 8, et S = 9.

$$\begin{array}{r} 9567 \\ +\ 1085 \\ \hline 10652 \end{array}$$

2 Chiffre parfait

Elle représente les 7 continents : Amériques du Nord, du Sud, Europe, Asie, Afrique, Australie et Antarctique.

3 Sur la grille…

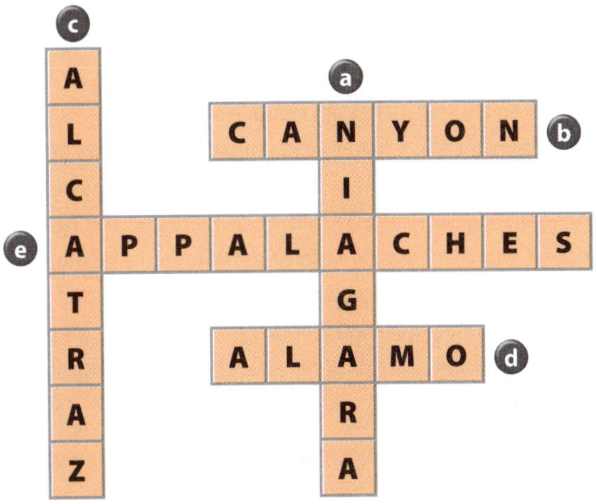

4 Oh !

C'est la chanson « New York USA », de Serge Gainsbourg :

« J'ai vu New York
New York USA
J'ai vu New York
New York USA
Je n'avais rien vu d'au
Je n'avais rien vu d'aussi haut
Oh ! C'est haut, c'est haut New York
New York USA. »

5 Devinette

C'est la date de l'indépendance des États-Unis : 4 juillet 1776.

6 *Presidency*

De gauche à droite : Washington, Jefferson, Roosevelt puis Lincoln. La carte postale représente le Mémorial du mont Rushmore, dans le Dakota du Sud. Il s'agit d'une sculpture monumentale taillée dans le granite, représentant quatre présidents américains. De gauche à droite du point de vue d'un spectateur, on voit : George Washington (1732-1799), Thomas Jefferson (1743-1826), Theodore Roosevelt (1858-1919) et Abraham Lincoln (1809-1865).

Le site, spectaculaire, fut choisi par Alfred Hitchcock pour la séquence de poursuite finale de *La Mort aux trousses*.

7 Dans tous ses états

C'est la Floride qui manque.

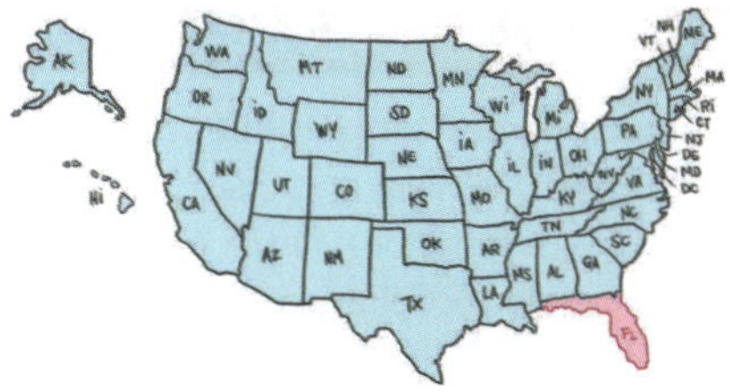

Le Grand Nord p. 30

Les énigmes de Pompon et Pompette

Paul et son amie assistent en réalité à une aurore boréale.

Ce phénomène, caractérisé par des voiles lumineux colorés dans le ciel nocturne, se produit principalement dans les régions proches des pôles. Elles sont appelées « aurores polaires » : « boréales » dans l'hémisphère Nord, « australes » dans l'hémisphère Sud.

1 Hissez haut !

1) Danemark : drapeau *b*.
2) Finlande : drapeau *d*.
3) Suède : drapeau *e*.
4) Norvège : drapeau *a*.
5) Islande : drapeau *c*.

2 Qui est-ce ?

Il s'agit du Lapon (Scandinave qui, en changeant son « o » par un « i », deviendrait *lapin*).

3 Sur la grille

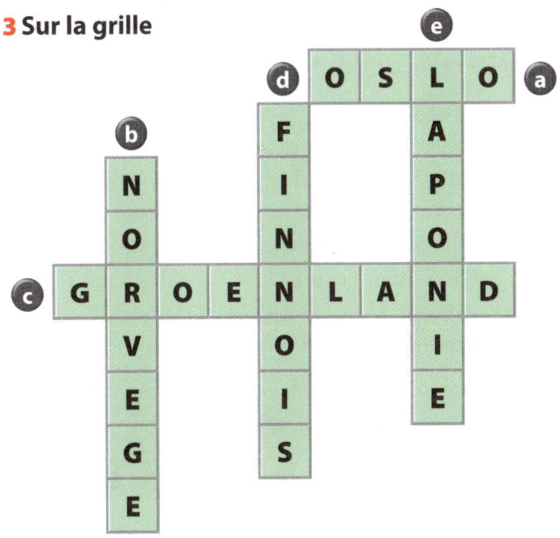

a Oslo (« Oh ! »/slow)
b Norvège (Nord/vais/je)
c Groenland (gros/haine/lande)
d Finnois (fine/oie)
e Laponie (la/pot/nie)

4 Rébus du Grand Nord

La phrase à trouver est : « Les Lapons viennent du froid. » (lait/la/pont/vie/N/du/f/roi).

5 Drôle de nounours

Il s'agit du glouton !

6 Qui est-ce ?

C'est le froid.

7 Charade

C'est l'elfe (elle/feu).

Ils ont des chapeaux ronds p. 32

Les énigmes de Pompon et Pompette

L'âne actionne une meule et tourne en rond, les pattes de gauche plus proches du centre de la meule. Au bout de 8 heures, il a donc parcouru une distance plus grande avec ses pattes de droite.

1 Breton mystère

Il s'agit du mot « raz ».

Rarement en marée (raz de marée), je sais rester à la pointe (pointe du Raz). Mais trompant votre oreille (il faut comprendre « phonétiquement »), je resterai sur mes pointes (le petit rat de l'Opéra s'écrit différemment, mais se prononce de la même façon), serai au bol (ras le bol), ou même aux champs (rat des champs)…

2 Où se cachent-elles ?

Il s'agit de Pornic et Rennes.

A	P	E	U	R	É
L	O	U	P	E	R
T	R	A	Î	N	E
Â	N	O	N	N	E
P	I	T	R	E	S
É	C	O	S	S	E

3 Rébus d'outre-tombe

Il s'agit de François-René (vicomte) de Chateaubriand. Écrivain d'origine bretonne, il est né en 1768 à Saint-Malo. Il fut l'auteur, entre autres, des *Mémoires d'outre-tombe* et du *Génie du christianisme*.

France/oie/R'/œufs/nez/2/chat/T'/eau/brie/an.

4 Mystères bretons

La suite est « Bizarre ». En effet, le texte est composé d'une suite de mots dont l'ordre suit celui de la première lettre, dans l'ordre alphabétique, de A à Z puis à A. (Ainsi, si vous cherchiez les mots dans le dictionnaire, vous les trouveriez dans l'ordre de leur apparition, puis dans l'ordre inverse).

Après le « a », c'est donc à nouveau le « b » puis le « c » (voilà pourquoi bon **a**ppétit ne convient pas)…

5 Sur la grille

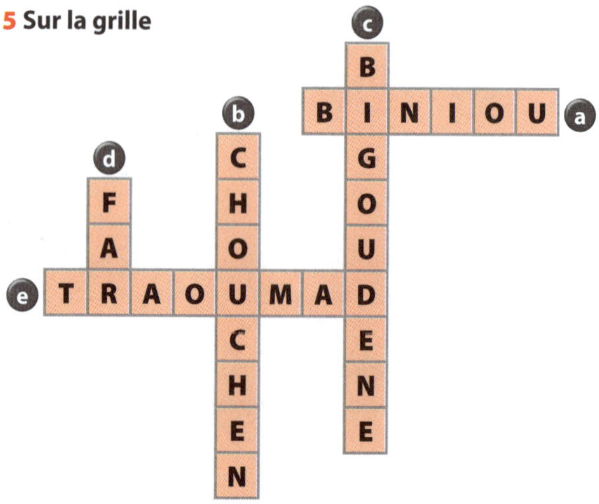

a Mon premier est double (bi), mon deuxième dément (nie), mon troisième est là (où) et mon tout vous entraîne… C'est le biniou : instrument de musique typiquement breton.

b Mon premier se plante à la mode (chou, en référence à la chanson « Savez-vous planter les choux, à la mode… »), mon second se porte autour du cou pour faire plaisir, aux pieds pour punir (chaînes) et mon tout enivre. C'est le chouchen, alcool fort breton.

c Mon premier est « gros » en anglais (*big*), mon deuxième est là (où), mon troisième suit le « c » (la lettre « d »), mon quatrième est sans amour (haine) et mon tout vient de Pont-Aven. Il s'agit de la bigoudène : elle désigne à la fois les habitantes de Pont-Aven et la coiffe de dentelle qu'elles portent sur la tête.

d Si ma lumière vous guide (phare), ma saveur vous comble (far breton). C'est une sorte de flan avec des pruneaux.

e Mon premier ouvre le train (tra), mon deuxième introduit une autre hypothèse (ou), mon troisième se dit d'un anglais fou (*mad*) et mon tout vous régale. Le *traoumad*, spécialité de Pont-Aven, est une galette épaisse à base de beurre.

6 Au bon beurre

Il s'agit du *kouign amann*. C'est un gâteau à base de pâte à pain recouverte de beurre et de sucre puis repliée, ce qui lui donne une consistance feuilletée.

7 Le vrai drapeau ?

Les bandes noires et blanches ont été inversées.

Les 9 bandes blanches et noires représentent les 9 évêchés de Bretagne, soit 4 pour les pays de langue bretonne et 5 pour les pays de langue dite « gallo » (dialecte français de Bretagne). Le drapeau tel qu'on le connaît aujourd'hui est le *Gwenn ha Du*, ce qui signifie « noir et blanc ». Il a cette apparence depuis 1923, remplaçant l'ancien drapeau sur lequel figuraient essentiellement les hermines des armoiries de Bretagne, qui sont restées dans le rectangle haut gauche du drapeau.

Là-haut sur la montagne p. 34

Les énigmes de Pompon et Pompette

Maxime a simplement un jardin deux fois plus grand !

1 Énigmatix

Les 6 % qui portent des valises sont 18 (6 × 300 /100) ; les 94 % restants sont 282 (94 × 300/100). La moitié (141) a une valise et un sac à dos.

141 + 18 = 159 ont des valises.

Il y a donc 159 valises et 141 sacs à dos dans la cour.

2 Drôle de chalet

On reste à l'extérieur. On appuie sur l'interrupteur 1. On attend environ 2 minutes puis on l'éteint. On allume ensuite l'interrupteur 2. On entre dans le chalet et on referme la porte. À l'intérieur, soit la lumière est allumée et tout va bien : c'est l'interrupteur 2 qui actionne la lumière et on n'a pas à ressortir. Soit le lampadaire est éteint, auquel cas on touche les ampoules. Si l'une est chaude, c'est que c'était l'interrupteur 1 qui actionnait la lumière. Sinon, c'est que le bon interrupteur est le 3. On peut alors sortir allumer le bon interrupteur et rentrer pour la 2e fois.

3 Course

Parce que parfois, entre-temps, il neige et il devient alors plus difficile de marcher !

4 À la chaîne…

E	I	S	S	E	P
R	A	T	P	A	L
R	A	L	R	T	A
A	S	C	A	E	S
-	N	E	V	A	D
N	N	E	P	A	A
I	N	S	F	I	R

Atlas (Algérie, Tunisie) – Carpates (Slovaquie, Pologne, Ukraine, Roumanie) – Sierra Nevada (Espagne) – Alpes (France, Allemagne, Autriche, Italie, Lichtenstein, Slovénie, Suisse) – Apennins (Italie) – Rif (Maroc)

5 Sans feu

Il fait une étoile de David.

6 Là-haut sur les montagnes

Dans ces arènes (cirque), on ouvrait les portes, lâchait les fauves qui étaient attachés avec des fers (chaînes). Les hommes leur portaient des coups avec des armes pointues (pics). Ensuite, il fallait recoudre avec les bons outils (aiguilles) les toges en lambeaux tandis que depuis le haut (sommet) des gradins, on lâchait des volatiles dont le haut du crâne se distinguait par un liseré de chair rouge (crête).

7 Énigme vraie

Il s'agit de Sir George EVEREST.

London p. 36

Les énigmes de Pompon et Pompette

Cette phrase : « trek vu j relance » est l'anagramme de Jack l'Éventreur (traduction française de Jack the Ripper) qui sévissait dans les bas quartiers de Londres au XIXe siècle. Ce « serial killer » a éventré cinq prostituées et semé la terreur sans pourtant que l'on ne découvre jamais son identité.

1 Gare à Napoléon !

Trafalgar et Waterloo sont les défaites napoléoniennes face aux Anglais, elles apparaissent donc dans des noms de gare ou de lieu emblématique de Londres : Trafalgar Square et Waterloo Station (gare de Londres).
Iéna, Austerlitz, Friedland et Wagram, que l'on retrouve dans des noms de rues et de gare parisienne, sont, à l'inverse, les victoires napoléoniennes.

2 Qui sommes-nous ?

Les deux aiguilles d'une montre…

3 *On the gril*

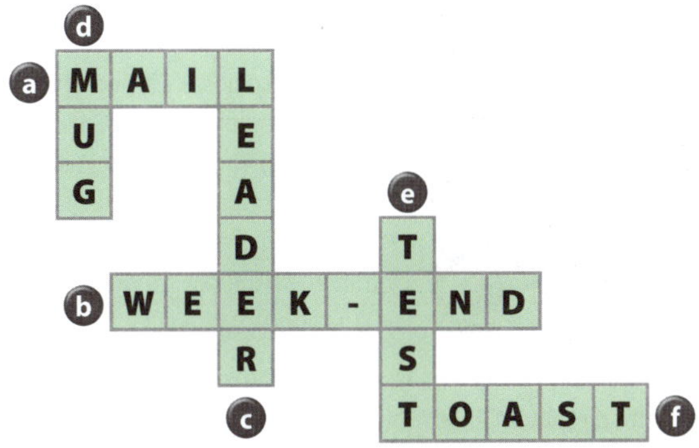

4 *Flag*

Le drapeau d'Angleterre et le drapeau d'Écosse ont donné le drapeau britannique. Puis ce drapeau britannique, associé à l'ancien drapeau d'Irlande, a donné celui du Royaume-Uni.

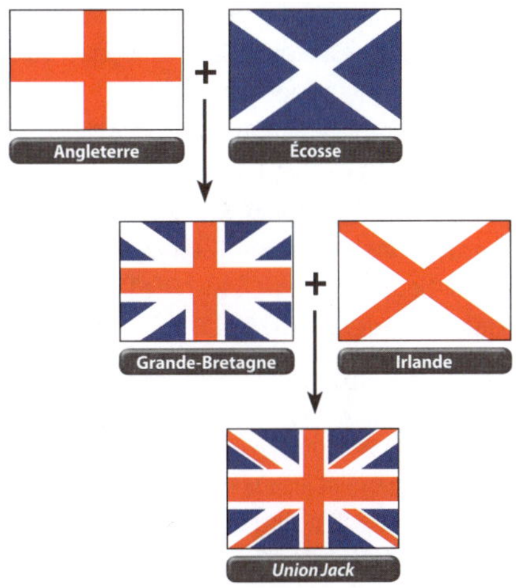

C'est le 1er janvier 1801, lorsque l'Irlande et la Grande-Bretagne sont réunies par l'*Act of Union*, qu'est créé le nouvel État de Royaume-Uni de Grande-Bretagne et d'Irlande. On ajoute alors une croix de saint Patrick au drapeau britannique.

5 *What time is it?*

Il arrive à 13 h 29 (12 h 13 + 2 h 16 = 14 h 29 – 1 h 00).
En effet, si à Londres on passe également à l'heure d'hiver le dernier dimanche d'octobre, la France est décalée d'une heure car elle compte une heure de plus par rapport au méridien de Greenwich, qui est le fuseau zéro.
C'est à partir de ce point que l'on va déterminer l'heure dans le monde entier. Cette heure est aussi appelée « heure origine » ou « heure GMT » (*Greenwitch Mean Time*). L'heure GMT est le temps solaire moyen calculé à midi. C'est l'heure universelle.
C'est un ingénieur écossais, Sandford Fleming (1827-1915), qui divise, en 1884, le globe terrestre en 24 parties, limitées par deux méridiens : les fuseaux horaires, chacun d'entre eux étant décalé de 15° de latitude.

Depuis 1998, les dates de changement d'heure ont été harmonisées au sein de l'Union européenne. Dans tous les pays membres, le passage à l'heure d'été s'effectue le dernier dimanche de mars et le passage à l'heure d'hiver le dernier dimanche d'octobre.

6 *On the Abbey Road again*

La pochette de l'album *Abbey Road* a été retournée (la gauche est à droite et la droite à gauche). En Angleterre, les voitures roulent à gauche. Il est donc impossible que la Coccinelle blanche soit prise de dos puisqu'elle est sur le côté droit de la rue. Elle devrait être à gauche, ce qui est le cas sur la photo originale (ci-contre).

Pour la rumeur et l'histoire du rock'n'roll, il faut toutefois savoir que la pochette de l'album *Abbey Road* a une bien curieuse histoire. L'album sort en effet en 1969, alors que les Beatles ont cessé leurs tournées depuis trois ans. Les rumeurs vont bon train. Pis : Paul McCartney serait décédé dans un accident de voiture en Amérique, à Detroit. La victime, en tout cas, lui ressemblerait étrangement. McCartney aurait donc été remplacé par un sosie. Cette rumeur serait partie d'un certain Russ Gibbs, de la station WKNR, à Detroit, dans le Michigan, puis s'est répandue en Amérique, puis en Europe. Preuve en est cette fameuse pochette…

– À gauche de la photo, il y a un cimetière et, à droite, l'au-delà. D'autant que le titre est « Abbey Road » (*Route de l'Abbaye*).

– Les Beatles traversent la rue de gauche à droite, accompagnant le vrai McCartney dans la mort, vers l'au-delà : idée reprise à partir des légendes antiques où il fallait franchir le fleuve de la mort (ils reviennent d'un voyage en Inde).

– John Lennon est en blanc, couleur de deuil dans certains pays : c'est le prieur.

– Ringo Starr est en noir : symbole du croque-mort.

– Paul, ou plus exactement le faux Paul, symbolise le mort lui-même ; il est pieds nus : c'est ainsi qu'on enterre les morts du côté de l'Inde. Clin d'œil aux initiés : il tient sa cigarette de la main droite, alors que le vrai Paul était gaucher.

– Tous marchent au pas sauf lui, afin de symboliser le cas McCartney.

– Harrison est en jeans, symbolisant l'esprit Beatles, mais aussi le fossoyeur.

– À droite, le long du trottoir, la voiture de police est une fourgonnette de la morgue municipale.

– Enfin, à gauche, la Volkswagen est immatriculée LMW 28 IF – ce qui signifie : L : *living* M : *McCartney* W : *was* IF : *si* 28 : *28 ans* « McCartney aurait eu 28 ans à la sortie d'*Abbey Road* s'il était encore vivant ». (Rappelons qu'il est né le 18 juin 1942).

Des années plus tard, Paul McCartney – en personne – a repris le même concept sur son album *Paul Is Live,* où on l'aperçoit traverser seul avec son chien le célèbre passage protégé.

Énigmes en fiction p. 38

1 Décodez…

a) *Touchez pas au grisbi* (chaque consonne a été remplacée par la consonne suivante dans l'alphabet, de même pour chaque voyelle).
b) *De sang-froid* (chaque voyelle est remplacée par le nombre en toutes lettres de sa place dans l'alphabet des voyelles : *a* est remplacée par 1, *e* par 2…).
c) *Le Grand Sommeil* (chaque voyelle est remplacée par les 5 autres).
d) *Du rififi chez les hommes* (chaque première lettre du mot suivant devient la dernière du précédent).
e) *Compartiment tueurs* (chaque mot est découpé en syllabes séparées de leur tout puis reprises à l'envers de la fin au début).
f) *Le Mystère de la chambre jaune* (chaque mot reprend chaque code, à l'exception du code 4 qui concerne deux mots : « la » et « chambre »).

2 Têtes d'affiche

1) *Sueurs froides* : Kim Novak
2) *Fenêtre sur cour* : Grace Kelly
3) *La Main au collet* : Grace Kelly
4) *Les Oiseaux* : Tippi Hedren

3 Gradés…

1) Nestor Burma, privé (Léo Malet)
2) Mike Hammer, privé (Mickey Sillane)
3) Sherlock Holmes, privé (Arthur Conan Doyle)
4) Hercule Poirot, privé (Agatha Christie)
5) San Antonio, commissaire (Frédéric Dard)
6) Brunetti, commissaire (Donna Leon)
7) Harry Bosch, inspecteur (Michael Connelly)
8) Adamsberg, commissaire (Fred Vargas)

4 Nationalité

Michael Connelly est américain (b) ; Agatha Christie britannique (b) ; Henning Mankell suédois (a) ; Donna Leon américaine (c) ; Stieg Larsson suédois (c).

5 Carré mystère

Georges Simenon, Tonino Benacquista, Sébastien Japrisot, Raymond Chandler, Patrick Manchette, James Ellroy.

Au Mont-Saint-Michel p. 40

Les énigmes de Pompon et Pompette

Les cloches ont exactement le même problème qu'avant le 15 août : elles avancent de plus en plus. En effet, le 15 août au matin, elles sont à l'heure. Puis, elles prennent 3 minutes d'avance. Mais, dans la nuit, elles en reperdent 2. Donc, le 16 au matin, elles ont 1 minute d'avance. Puis, dans la journée, elles ont 1 + 3 = 4 minutes d'avance mais en reperdent 2 dans la nuit. Le 17 au matin, elles ont donc 2 minutes d'avance. Puis dans la journée, elles en regagnent 3 : elles ont en tout 5 minutes d'avance. Le 17 à 20 heures, elles ont donc bien 5 minutes d'avance, avance qui ne s'estompera de 2 minutes que dans la nuit qui suivra… et ainsi de suite.
L'horloge suit donc bien le même processus de dérèglement !

1 Au nom de la rosace

On a 8 panneaux qui entourent le rond central.
On sait que chacun des panneaux aura la même surface que le panneau rond central, donc la surface totale de la rosace sera 9 fois supérieure à celle du panneau central.
Puisque le diamètre du panneau central est d = 2 mètres, son rayon est r = 1 mètre. Or, on sait que la surface d'un cercle = πR^2.
Ici, la surface du panneau central vaut donc $\pi \times (1)^2 = \pi$.
Celle de la rosace entière vaut donc 9π.
On nomme R le rayon de la rosace totale et *x* la longueur des montants (qui est égale au rayon de la rosace moins celui du rond central, c'est-à-dire R – 1).
On aura donc : $9 = R^2$.
$R = \sqrt{9} = 3$
Comme $x = R - 1$, on a :
$x = 3 - 1$
$x = 2$
Les montants doivent mesurer 2 mètres.

2 À la lueur des bougies…

1 111 bougies brûlent au total durant une cérémonie.
En effet, on a : 1 nouvelle bougie pour 10 ; donc 100 nouvelles bougies pour 1 000 ; ainsi que 10 nouvelles bougies issues de ces 100 nouvelles. Enfin, 1 nouvelle bougie issue de ces 10 nouvelles dernières.
On a donc au total :
1 000 + 100 + 10 + 1 = 1 111 bougies.

3 Le détail qui compte…

La gargouille (a) est à Notre-Dame de Paris et l'ange (b), réputé pour son sourire énigmatique, est une des statues emblématiques de Notre-Dame de Reims. L'archange Michel (c) avec son glaive, se trouve en haut de la flèche de l'église abbatiale du Mont-Saint-Michel. Cette statue joue le rôle de paratonnerre. Selon la légende, l'archange était apparu en 708 à l'évêque d'Avranches pour lui demander de faire construire sur ce mont un édifice qui lui serait consacré. La statue de la Vierge à l'Enfant (d) est en haut de Notre-Dame-de-la-Garde à Marseille.

4 AB… I

Le premier jour, les moines savent que l'un d'eux est atteint. Celui qui ne voit aucune tache dans l'œil des autres en déduit justement que c'est lui le malade. Le deuxième jour, même processus…

5 Mystère et boule de gomme

Premier grimoire : l'avenir.
Second grimoire : le secret.

6 Énigme vraie

Il s'agit de la Mère Poulard.
J'en ai fracassé tant dans les assiettes (œufs)
et régalé plus d'un de ma recette ! (omelette)
De ces eaux qui entourent le mont, (mer)
j'ai moi aussi un peu le nom (mère).
Écoute bien mon sobriquet :
Si ce n'est à une lettre près (*d*)
j'aurais moi aussi baptisé
le collège d'Harry le sorcier… (Poudlard)

À la fin du XIXe siècle, le Mont-Saint-Michel, devenu une prison redoutée depuis la Révolution, s'ouvre à nouveau au monde. Au même moment, une jeune femme, Annette, ouvre une auberge pour les hôtes de passage, souvent éreintés (la digue n'existe pas encore). Celle qu'on surnommera « la Mère Poulard » garde en permanence sa grande cheminée allumée et confectionne, à la minute, sa fabuleuse omelette.

America latina p. 42

Les énigmes de Pompon et Pompette

Pompette doit mettre le couvert pour 6 !
Soit X le nombre de garçons et Y le nombre de filles.
Chaque fille a Y – 1 sœur et chaque homme a X – 1 frères puisque chacun se retire du nombre total.
On a ensuite deux équations à deux inconnues.
On a $X - 1 = Y$ et $3(Y - 1) = X$, soit $X = Y + 1$ et $3Y - 3 = X$, soit :
$X = Y + 1$ et $Y + 1 = 3Y - 3$
On obtient : $X = Y + 1$ et $4 = 2Y$. D'où : $X = 3$ et $Y = 2$.
On a donc 3 garçons et 2 filles. Pablo a 2 frères et 2 sœurs.
Notre amie devra donc mettre 5 assiettes plus une pour elle, soit 6.

1 Codé…

Le chiffre face au nom indique l'ordre de la lettre à utiliser pour lire le message. Par exemple, pour Che Guevara, il faut prendre la 9e lettre du nom, c'est-à-dire le R.
On obtient : « Rendez-vous à Lima ».

2 Quelque chose qui cloche…

L'intrus est Montevideo car c'est une ville et non un pays.

3 De la suite dans les idées…

Le mot suivant est DIADÈME. En effet, les deux premières lettres de chaque mot correspondent à celles des jours de la semaine (Lu-Ma-Me-Je-Ve-Sa), les suivantes sont donc Di = diadème.

4 À la lettre…

Il s'agit de Jorge Luis BORGES, écrivain et poète argentin auteur de nombreux ouvrages dont *L'Aleph*, *Le Livre de sable*… Pour trouver son nom, on sélectionne les lettres possibles puis on choisit celles qui forment un nom :

La 1re lettre est dans BOGOTA mais pas dans TOGO.	B (ou A)
La 2e lettre est dans TOGO mais pas dans GRITA.	O (ou G)
La 3e est dans GRITA mais pas dans DIEGO.	R (ou T, ou A)
La 4e est dans DIEGO mais pas dans MEXICO.	G (ou D)
La 5e est dans MEXICO mais pas dans SAXO.	E (ou M, I ou C)
La dernière est dans SAXO mais pas dans BOGOTA.	S (ou X)

5 Vrai de vrai

Durant les équinoxes de printemps et d'automne, le 20 mars et le 21 septembre, l'inclinaison du Soleil à cet endroit permet de révéler ces figures… En effet, les Mayas connaissaient très bien les étoiles et avaient d'ailleurs un centre d'observation astronomique sur le site. L'orientation et la construction de la pyramide sont telles qu'au moment des équinoxes, le soleil se projette sur les contours de la pyramide de manière à ce qu'il dessine, en prolongement des grosses têtes de serpents qui sont en bas de la pyramide, le corps d'un reptile. Ce serpent est un hommage au dieu Kukulkan, le Serpent à plumes.

6 Savez-vous compter maya ?

L'égalité à déchiffrer est : 9 + 6 = 15.

Voici le code maya au complet :

	• 1	•• 2	••• 3	•••• 4
— 5	•/— 6	••/— 7	•••/— 8	••••/— 9
= 10	•/= 11	••/= 12	•••/= 13	••••/= 14
≡ 15	•/≡ 16	••/≡ 17	•••/≡ 18	••••/≡ 19

7 Drôle de langue…

Le tango est argentin, le paso doble est espagnol, (le / taon / go / haie / argent / thym / le / pas / seau / dos / bleu / haie / s / pas / nid / eau / le).

Tchin Chine p. 44

Les énigmes de Pompon et Pompette

Le code secret consiste à donner le chiffre correspondant au nombre de lettres contenues dans le mot prononcé par le garde : si le garde lui dit « FIVE », il doit répondre « FOUR » (4 lettres de *FIVE*).

1 Miroir de Chine

Aucun ! Étant donné qu'il n'y a rien dans cette pièce excepté lui, il n'y a pas de lumière. Donc pas de reflet…

2 Casse-tête chinois

Il ne faut pas confondre République de Chine et République populaire de Chine !

La République populaire de Chine, couramment appelée Chine, regroupe plus de 98 % de la population et 99,6 % de la superficie totale. Elle regroupe la Chine continentale, Hong Kong et Macao. La République de Chine, plus couramment appelée Taïwan, représente moins de 2 % de la population et 0,4 % de la superficie totale.

3 Les petits Chinois

Ils sont tout simplement en train de tourner autour d'un arbre.

4 La corde au cou…

Il ne doit pas parier car il va perdre ! En croisant les bras avant d'attraper la corde, tout simplement, l'homme fera un nœud sans lâcher la corde, en décroisant ses bras.

5 Cherchez l'erreur

« Pateimperial » n'est pas une province !

6 Passe-Muraille

Les pierres et autres matériaux ayant servi à construire la Muraille ne viennent pas de Mars ni de la Lune… Ils étaient donc sur Terre avant sa construction. Le poids de la Terre est donc inchangé ! L'évaluation de l'état et de la longueur de la Grande Muraille a été menée pendant deux ans par l'administration d'État chargée du Patrimoine culturel, au moyen de GPS, technologie infrarouge et autres technologies modernes, ayant notamment permis de découvrir des portions ignorées dans les montagnes et les déserts.

7 Inventions chinoises

1/ Si mon premier fait des bulles (il bout), mon second se foule (sol) et mon tout t'oriente : boussole.

2/ Mon premier est unique (un), mon deuxième se paye (prix), mon troisième se tourne vers moi (me : pronom personnel réfléchi), mon quatrième s'esclaffe (rit) et mon tout s'encre beaucoup : imprimerie.

3/ Mon premier gratte la tête (poux), mes deuxièmes peuvent nous mettre à mal quand ils sont beaux (draps : « être dans de beaux draps »), mon troisième peut être d'école (cas : cas d'école), mon quatrième nie (non) et mon tout n'est rien sans feu : poudre à canon.

4/ Mon premier (pas) se fait grâce à mon second (pied), tandis que mon tout se met souvent en feuille : papier.

Côte d'Azur p. 46

Les énigmes de Pompon et Pompette

Dans tous les cas de figure, et quelle que soit la position des trois cartes de départ, ce sera forcément l'as de cœur car c'est la seule carte que l'on doit bouger deux fois. Essayez : vous verrez !

1 TSSS TSSS TSSS TSSS

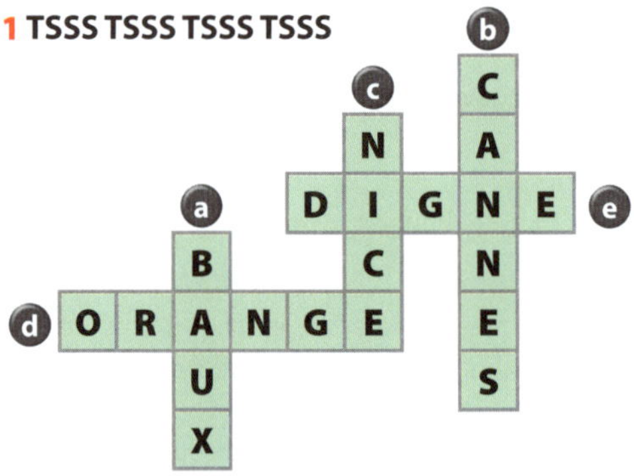

2 Le poids d'un âne…

Il rit car son sac pèse 40 kg !

Appelons x le poids du sac.

On a : $20 + \frac{1}{2}x = x$

$20 = x - \frac{1}{2}x$

$20 = \frac{1}{2}x$

$x = 40$.

3 Méli-mélo melon

Ils sont placés d'un côté et de l'autre de l'autoroute !

4 Marseille-Monaco

Ils ont mis exactement autant de temps, puisque 90 min = 1 h 30 !

5 Au pinceau

Van Gogh et Matisse sont les deux artistes peintres à trouver. Tous deux ont marqué leur œuvre de la lumière de la Provence. Vincent Van Gogh, dessinateur et peintre néerlandais (1853-1890), vécut à Arles et à Saint-Rémy-de-Provence à la fin de sa vie. Henri Matisse (1869-1954) a beaucoup vécu sur la Côte-d'Azur (Nice, Vence…).

É	M	E	U	V	E
C	A	D	R	A	N
S	T	A	G	N	E
C	I	E	R	G	E
E	S	P	I	O	N
A	S	S	A	G	I
S	E	I	C	H	E

6 Pique-olives

Il doit placer ses oliviers ainsi :

Ainsi, il a toujours 12 oliviers en A, B, 1 et 2.

7 Fauve qui peut

Ce tableau de Derain est un portrait de Matisse (André Derain, *Portrait d'Henri Matisse*, 1905. Huile sur toile, coll. Tate - Londres Purchased 1958 © Adagp, Paris 2005) , peint en 1905 tandis que Matisse dressait également le portrait de Derain. Installés pendant quelques mois de l'été 1905 à Collioure, les deux peintres vont envisager une nouvelle façon de traiter la couleur, et poser par ce biais les premiers jalons du «fauvisme».

L'indice vous mettait sur la piste des *Nus bleus*, célèbre série de Matisse (sous sa chemise, Matisse est *nu*, tandis que la couleur du vêtement, *bleu*, complète le nom de la série).

Énigmes en fiction p. 48

Il s'agit de Napoléon !

Pour vous mettre sur la piste, vous pouviez relever :

– «en l'honneur de notre roi» (pour l'époque, il s'agit de louis XVI) ;

– « notre pension champenoise» (pour le pays, c'est la pension de Brienne) ;

– « Plutôt maigre, presque chétif. Les cheveux noirs et le teint olivâtre. Seuls ses yeux, bleu sombre, l'entouraient de quelque chose d'autre. Comme une présence particulière, qui nous tenait en respect. Son accent aussi peut-être… » (pour le physique et l'accent) ;

– «Tête légèrement renversée en arrière, rehaussant son regard comme pour compenser sa petite taille, le jaugeant presque, il avait d'abord fait le tour de son carré, d'un pas lent et décidé, l'une des mains posée haut sur le ventre, à l'intérieur de sa vareuse» (pour l'attitude) ;

– «je jure qu'en approchant de cette palissade, exhalait une fragrance mystérieuse, feu d'artifice de parfums chauds, secs et grillés que je n'ai élucidé que trente ans plus tard, au hasard d'un voyage en Méditerranée» (pour son origine corse : Napoléon disait qu'il reconnaissait son pays à son odeur, celle du maquis) ;

– «ses yeux semblaient briller d'une fureur métallique, comme deux lames de couteau sombres. Je devinai des jurons, dans une langue que je reconnus comme de l'italien» (pour l'attitude et l'origine) ;

– « L'odeur de la poudre et le bruit des explosions avaient déclenché chez lui une violence qui avait pris les commandes. Il semblait animé par le feu, guidé par son crépitement. Je ne sais pas si c'est lui qui guidait les flammes ou si ce sont elles qui lui dictaient leurs ordres».

Indices

Indice 1 : Son sommet reste caché aux mortels par les nuages.

Indice 2 : Ses beaux yeux ont engendré un opéra de Jacques Offenbach, une chanson de Georges Brassens... et une guerre qui dura dix ans.

Indice 3 : Parmi ces deux maux, l'un est mythologique, et l'autre météorologique.

Indice 4 : vent froid / G se lit : « J'ai souvent froid. »

tu t vant vant moi se lit : « Tu étais devant moi. »

Indice 5 : Il est venu en Égypte pour fêter le Nouvel An…

Indice 6 : À quelle époque a-t-on commencé à repérer les années en fonction de l'année de naissance du Christ, déjà ?

Indice 7 : Il y a les carrés géométriques, et les carrés arithmétiques...

Indice 8 : Où se trouve la Mésopotamie ?

Indice 9 : Méfiez-vous du titre de cette énigme : derrière une vérité populaire se cache peut-être une insinuation trompeuse...

Indice 10 : Connaissez-vous les anagrammes, ces nouveaux termes formés en mélangeant les lettres d'un mot ?

Indice 11 : Commencez par positionner visuellement les bateaux... puis déduisez ! Vous n'avez à aucun moment besoin de faire d'hypothèse : tous les éléments de ce casse-tête peuvent être déduits les uns des autres.

Indice 12 : Dans la nuit noire, je disparais.

Indice 13 : Si Blanche-Neige était japonaise, c'est dans mon tout qu'elle croquerait...

Indice 14 : Les assiettes sont différentes par leur taille…

Indice 15 : Que fait un feu sur une terre brûlée ?

Indice 16 : Soit 2 cL le volume de la cuillère. N'oubliez pas que le volume du verre d'Antoine baisse, puis retrouve son niveau initial.

Indice 17 : Observez bien les chaises et les bancs…

Indice 18 : Les gâteaux sont cachés sous les termes : « pour la Bretagne, en gare Montparnasse » ; « plusieurs dizaines de centaines de pages » ; « Garnier » ; « cette rue qui abrite l'Élysée et dont j'ai oublié le nom du saint ».

Indice 19 : Il fut président des États-Unis.

Indice 20 : « Je suis », cela peut correspondre à la première personne du singulier du verbe *être* au présent, mais aussi…

Indice 21 : Commencez par la 6e colonne et par la 1re ligne.

Indice 22 : Le marchand dispose d'une cabane qui lui sert d'entrepôt à 200 km de son point de départ.

Indice 23 : Celui qui marche brait, celui qui nage régale, celui qui vole s'éveille à la tombée du jour.

Indice 24 : Nager peut être un sport inconscient.

Indice 25 : O = 0

Indice 26 : Lisez-le à haute voix.

Indice 27 : C = cent ; D = cinq cents ; M = mille.

Indice 28 : S'il s'est détaché, il flotte certainement dans le golfe du Mexique.

Indice 29 : Ce que l'on dit de quelqu'un qui mange trop et trop vite…

Indice 30 : Le grand-père était meunier !

Indice 31 : Si vous cherchiez les mots de ce texte dans un dictionnaire, que se passerait-il ?

Indice 32 : Quand une ampoule est allumée, elle éclaire, certes, mais que fait-elle d'autre ?

Indice 33 : Le drapeau britannique (de Grande-Bretagne et non du Royaume-Uni) est constitué du drapeau d'Angleterre et du drapeau d'Écosse.

? + ? = 

Indice 34 : L'heure en France est classée dans la catégorie « GMT + 1 », GMT signifiant *Greenwich Mean Time*, soit « temps moyen de Greenwich ».

Indice 35 : Respectez le code !

Indice 36 : L'aire d'un cercle est égale à πR^2.

Indice 37 : Appelez X le nombre de garçons et Y le nombre de filles.

Indice 38 : On ne conserve qu'une lettre par nom.

Indice 39 : Vous cherchez le nom d'un Argentin, auteur de nouvelles, d'essais, de poèmes…

Indice 40 : Les Mayas étaient très avancés en astronomie…

Indice 41 :

	• 1	? 2	? 3	? 4
— 5	? 6	? 7	••• — 8	? 9
═ 10	? 11	? 12	? 13	? 14
? 15	? 16	? 17	? 18	•••• ≡ 19

Indice 42 : Prenez de la hauteur…

Indice 43 : Sous sa chemise s'ébauche le nom d'une de ses œuvres, que la couleur du vêtement complète.